U0075547

外国人のための日本語 例文・問題シリーズ5

形　容　詞

西原 鈴子
川村 よし子
杉浦 由紀子
共著

荒竹出版

監修者の言葉

このシリーズは、日本国内はもとより、欧米、アジア、オーストラリアなどで、長年、日本語教育にたずさわってきた教師三十七名が、言語理論をどのように教育の現場に活かすかという観点から、アイデアを持ち寄ってできたものです。私達は、日本語を教えている現職の先生方に使っていただくだけでなく、同時に、中・上級レベルの学生の復習用にも使えるものを作るように努力しました。

このシリーズの主な目的は、「例文・問題シリーズ」という副題からも明らかなように、学生には、今まで習得した日本語の総復習と自己診断のためのお手本を、教師の方々には、教室で即戦力となる例文と問題を提供することにあります。既存の言語理論および日本語文法に関する諸学者の識見を無視せず、むしろ、それを現場へ応用するという姿勢を忘れなかったという点で、ある意味で、これは教則本的実用文法シリーズと言えるかと思います。

従来、文部省で認められてきた十品詞論は、古典文法論ではともかく、現代日本語の分析には不充分であることは、日本語教師なら、だれでも知っています。そこで、このシリーズでは、品詞を自立語では、動詞、イ形容詞、ナ形容詞、名詞、副詞、接続詞、数詞、間投詞、コ・ソ・ア・ド指示詞の九品詞、付属語では、接頭辞、接尾辞、(ダ・デス、マス指示詞を含む)助動詞、形式名詞、助詞、助数詞の六品詞の、全部で十五に分類しました。さらに細かい各品詞の意味論的・統語論的な分類については、各巻の執筆者の判断にまかせました。

また、活用の形についても、未然・連用・終止・連体・仮定・命令の六形でなく、動詞、形容詞とともに、十一形の体系を採用しました。そのため、動詞は活用形によって、u動詞、ru動詞、行く動詞、来る動詞、する動詞、の五種類に分けられることになります。活用形への考慮が必要な巻では、巻頭に活用の形式を詳述してあります。

シリーズ全体にわたって、例文に使う漢字は常用漢字の範囲内にとどめるよう努めました。項目によっては、適宜、外国語で説明を加えた場合もありますが、説明はできるだけ日本語でするように心がけました。

教室で使っていただく際の便宜を考えて、解答は別冊にしました。また、この種の文法シリーズでは、各巻とも内容に重複は避けられない問題ですから、読者の便宜を考慮し、永田高志氏にお願いして、別巻として総索引を加えました。

私達の職歴は、青山学院、獨協、学習院、恵泉女学園、上智、慶應、ICU、名古屋、南山、早稲田、国立国語研究所、国際学友会日本語学校、日米会話学院、アイオワ大、朝日カルチャーセンター、アリゾナ大、イリノイ大、メリーランド大、ミシガン大、ミドルベリー大、ペンシルベニア大、スタンフォード大、ワシントン大、ウィスコンシン大、アメリカ・カナダ十一大学連合日本研究センター、オーストラリア国立大、と多様ですが、日本語教師としての連帯感と、日本語を勉強する諸外国の学生の役に立ちたいという使命感から、このプロジェクトを通じて協力してきました。

国内だけでなく、海外在住の著者の方々とも連絡をとる必要から、名柄が「まとめ役」をいたしましたが、たわむれに、私達全員の「外国語としての日本語」歴を合計したところ、580年以上にも及びました。この600年近くの経験が、このシリーズを使っていただく皆様に、いたずらな「馬齢の積み重ね」に感じられないだけの業績になっていればというのが、私達一同の願いです。

このシリーズをお使いいただいて、Two heads are better than one.（三人寄れば文殊の知恵）とお感じになるか、それとも、Too many cooks spoil the broth.（船頭多くして船山に登る）とお感じになったか、率直な御意見をお聞かせいただければと願っています。

この出版を通じて、荒竹三郎先生並びに、荒竹出版編集部の松原正明氏に大変お世話になりましたことを、特筆して感謝したいと思います。

一九八七年　秋

ミシガン大学名誉教授
上智大学比較文化学部教授　名柄　迪

はしがき

本書は、「形容詞」を「単独で述部を形成できる判断詞」と解釈し、学校文法で「形容動詞」とされて来たものをもその範疇《はんちゅう》に含《ふく》めている。活用の違《ちが》いから「イ形容詞」、「ナ形容詞」を区別してはいるが、双方《そうほう》が統語的・意味的特徴《とくちょう》を多く共有していることは、本文からも納得《なっとく》していただけることと確信する。それらの特徴《とくちょう》を重視するゆえに、もう一つの可能な分類である、「形容動詞を名詞とみなす」とする解釈を採らなかった。

ただし、品詞分類はそれ自体便宜《べんぎ》的なものであり、線引きが困難な部分は当然存在する。どこまでを品詞の範囲《はんい》とするかよりも、どこが言語的に面白いか、どこが習得しにくいだろうかといった観点から例文・問題を作成した。

紙面の制約から、そして著者達の力不足から、扱《あつか》い残した点も多くあることを痛感しつつ、日本語教育の現場で少しでもお役に立つことを念願している。

一九八八年三月

西原鈴子
川村よし子
杉浦由紀子

目次

本書の使い方

先生方へ

日本語の形容詞、形式形容詞は、他の言語に比べて際立った特色をいくつか持っています。述語として一人前であること、活用形を持つこと、感情形容詞のように感情主の制約があること、等はその代表的なものです。不特定多数の言語との比較《ひかく》を試みることは本書の目的ではありませんし、それと明記してはありませんが、教育の現場で使用なさる際に学生の母語との比較《ひかく》で意味のあるところを選んでお使い下さい。前半は文法的な整理を目的にして書きました。

後半はやはり不特定多数の言語との意味のカテゴリー的ひろがりの比較《ひかく》に役に立つようにと願って種々の形容詞の意味素性《そせい》を羅列《られつ》しました。ごくあたりまえの語の持つ意味の範囲《はんい》が、外国語と比べて時には驚《おどろ》くほど異なっていることは御承知の通りです。本書が学習上の不必要な誤解を防ぐための一助となれば幸いです。

学習者の皆様《みなさま》へ

例文を参考にして、練習問題を何度もやってみて下さい。その上でまだ疑問があったら先生方の助けを求めたらよいと思います。この本に出て来る形容詞がすべて使いこなせたら、あなたの日本語は完成まぢかです。

第一章　形容詞が表すもの

形容詞は物やことがらの性質、状態などを表すとともに、話し手の主観的判断、感情などを表す。

1　物の形や状態を表す

(1) 青い空、白い雲。(青い、白い)

(2) 去年ちょうどよかった服が今年は小さくなった。(よい、小さい)

(3) ダイヤモンドはガラスよりかたい。(固い)

(4) 静かな公園。(静かな)

(5) この時計は正確です。(正確な)

2　話し手の判断を表す

(1) 今日は暑いですね。(暑い)

(2) このジュースはおいしくない。(おいしい)

(3) 昨日のパーティーはとってもおもしろかった。(おもしろい)

(4) あの子は親切です。(親切な)

(5) きれいな花が咲《さ》いている。(きれいな)

3　**話し手の感情を表す**

(1)　あなたに会えないので、さびしい。（さびしい）
(2)　プレゼントをもらっても、あまりうれしくなかった。（うれしい）
(3)　足がひどく痛かった。（痛い）
(4)　私は犬がきらいだ。（きらいな）
(5)　皆《みな》で騒《さわ》いだらとても愉快《ゆかい》だった。（愉快《ゆかい》な）

4　**願　望**

(1)　コンサートの切符《きっぷ》が二枚欲しい。（欲しい）
(2)　子供がファミコンを欲しがる。（欲しい）
(3)　スキーに行きたい。（―たい）

【注】　「―たい」は助動詞。（第七章〔一〕参照）

5　**否　定**

(1)　おかしい。ここに置いておいた荷物がない。（ない）
(2)　そんな事をしてはよくない。（形容詞＋ない）

【注】　動詞を否定するときの「ない」は否定の助動詞。

第二章　形容詞の役割

形容詞は後に続く名詞または名詞句を修飾《しゅうしょく》するほかに、単独で述語となったり、連用修飾《しゅうしょく》をしたりすることができる。この点は、英語・フランス語等のいわゆる adjective とは大きく異なっていて、verb や adverb に近い性質も持っていると言うことができる。この章では簡単に形容詞の役割を概《がい》観《かん》することにしたい。（詳《くわ》しくは第四章参照）

〔一〕単独で述語となる

(1)　バイクの音がうるさい。（うるさい）

(2)　この本は面白い。（おもしろい）

(3)　ワープロは簡単です。（簡単な）

(4)　彼《かれ》のおくさんは料理が上手《じょうず》だ。（上手《じょうず》な）

形容詞は動詞と同じように単独で述語となることができる。では、形容詞と動詞との違《ちが》いはどこにあるのだろうか。次の文を比べてみよう。

(1)　家の庭に花が咲《さ》く。

(2)　家の庭の花が美しい。

どちらも「花」について述べているという点は共通しているが、(1)の文の「咲《さ》く」が「花がどうなる」という変化、作用を客観的に表現しているのに対して、(2)の文の「美しい」は、主観を通してとらえられた「花」の状態を表現している。この「咲《さ》く」が動詞、「美しい」が形容詞である。もっとも、動詞も状態を表すことがある。例えば「咲《さ》いている」の「―ている」の形は、動作（あるいは作用）が現在も進行している状態にあることを表し、「咲《さ》いた」の「―た」は動作や作用が過去において行なわれた状態にあることを表している。また、この二つの形にしか活用せず、「状態動詞」とよばれている動詞もある（例　そびえる、すぐれる）。ただ、いずれの場合も、動詞そのものは、動作や作用について述べているのである。

形の上での主な違《ちが》いは次のとおりである。

1　活用の違《ちが》い
2　形容詞は丁寧《ていねい》体で「ます」を用いない
3　形容詞の連用形には連用修飾《しゅうしょく》の用法がある
4　形容詞には命令形がない

練習問題〔一〕

形容詞があれば、その部分に線をひきなさい。

1　おいしそうなごちそうが並《なら》んでいる。
2　天気がよかったので、散歩にでかけた。
3　たくさん歩いたので、とても疲《つか》れた。

4 おなかがすいたし、のども渇《かわ》いている。

5 フランス映画がすきだ。

〔二〕 用言（動詞や形容詞）を修飾《しゅうしょく》する

形容詞は、副詞と同じように動詞・形容詞あるいは動詞句を修飾《しゅうしょく》することができ、その動作・作用あるいは状態がどのように起きているのかを示している。

【注】 動詞にも連用形があるが、これは後の動詞を修飾《しゅうしょく》するというより、同時あるいは継起《けいき》的に二つの動作が行なわれることを示しているにすぎない。

1 動詞を修飾《しゅうしょく》

(1) 美しく咲《さ》く。（美しい）

(2) 強く、正しく生きる。（強い、正しい）

(3) 選手は足音も高く、入場した。（高い）

2 形容詞を修飾《しゅうしょく》

(1) この洗剤《せんざい》を使うと、靴下《くつした》がすごくきれいになる。（すごい、きれいな）

(2) 雨がひどく激《はげ》しく降り出した。（ひどい、激《はげ》しい）

3 動詞句を修飾《しゅうしょく》

(1) さびしく一人で家にいた。（さびしい）

(2) 黒板に大きく丸を書いた。（大きい）

4

(1) **文を修飾《しゅうしょく》**

夜遅《おそ》く、誰《だれ》かが来た。（遅《おそ》い）

cf. 二文を並《なら》べる用法もある

昼が短く、夜が長い。（短い、長い）

【注】 形容詞を副詞や動詞の連用形と混同しないこと。動詞（または形容詞）を修飾《しゅうしょく》するとき、イ形容詞は「く」、ナ形容詞は「に」の語尾《ごび》をとる。

紛《まぎ》らわしいもの

「く」で終わる副詞……よく（「たびたび」の意味）

「に」で終わる副詞……いっせいに、さすがに、さらに、次第《しだい》に、実に、すぐに、すでに、絶対に、ただちに、単に、ついに、次々に、常に、特に、共に、非常に、めったに、割に、など

また、意味上からも、これらの副詞や、「ゆっくりと」「しっかりと」など「と」で終わる副詞は、形容詞に非常に近い関係にある。ただ、これらの語は、名詞を修飾《しゅうしょく》したり、単独で述語になったりする性質を持たず、活用もしないため、形容詞とは別の品詞として分類されている。

練習問題〔二〕

一　次の中から形容詞を選びなさい。

1　ゆっくりと旅行する　めったに旅行しない
楽しく旅行する　快適に旅行する
喜んで旅行する

2　すばやく行動する　すぐに行動する
急いで行動する　敏速《びんそく》に行動する
さっさと行動する　自分で判断し行動する

3　強くまわす　握《にぎ》ってまわす
しっかりとまわす　かきまわす
静かにまわす　ただちにまわす

二　次の文で形容詞が修飾《しゅうしょく》している部分に傍線《ぼうせん》を引きなさい。

1　もっとよく考えなさい。
2　ひどくうるさい音がした。
3　さわやかな風が吹《ふ》いている。
4　風がさわやかに吹《ふ》いている。
5　のどかに牛が草を食べている。
6　速く激《はげ》しい水の流れ。

〔三〕　名詞を修飾《しゅうしょく》する

(1)　やさしい青年（やさしい）
(2)　便利な道具（便利な）
(3)　おいしいケーキが食べたい。（おいしい）
(4)　きれいな花が咲《さ》いていました。（きれいな）

【注】　形容詞以外で名詞を修飾《しゅうしょく》するものとしては、コソア詞、動詞の連体形・過去形、名詞＋助詞「の」などがある。

練習問題〔三〕

形容詞を含《ふく》んでいるものを選びなさい。

(1)　この本　(2)　ピアノを弾《ひ》く人　(3)　眠《ねむ》っている子供　(4)　昨日買った本
(5)　私の机　(6)　大切な手紙　(7)　難しい問題

第三章　形容詞の活用

〔一〕イ形容詞とナ形容詞

形容詞はあとに続く語や使い方によって形が変わる（活用する）。これまで各例文の後に（　）で示してあったのが、各々の形容詞が名詞を修飾《しゅうしょく》する時の形（連体形）である。形容詞には、連体形の語尾《ごび》が「い」で終わるもの（イ形容詞）と、「な」で終わるもの（ナ形容詞）とがある。それぞれ活用のしかたは異なっているが、文中での役割などはほとんど同じである。

A　イ形容詞の特徴《とくちょう》

基本的な形容詞はほとんどこのグループに属する。このグループの形容詞の特徴《とくちょう》としては次のようなものがあげられる。

a　大和《やまと》言葉を語源としている

外来語から来たものは、「ひどい（非道）」と「ナウい（now）」。

b　語幹が単独で用いられることは少ない

c　造語性《ぞうごせい》に乏《とぼ》しい

B　ナ形容詞の特徴《とくちょう》

辞書の多くには語尾《ごび》の「な」を取った形でのっている（たいていの辞書では、形容動詞として分類されている）。イ形容詞と比較《ひかく》したときは次のような特徴《とくちょう》がある。

1　**名詞的要素が強い**

a　名詞からの転成が多い

b　語幹が単独で用いられる

c　助詞の「の」をとるものがある

　わずかな、正常な、人並《なみ》な、無用な

d　名詞とナ形容詞の両方になるもの（主語にも目的語にもなりうる）

　安全(な)、健康(な)、めんどう(な)、ぜいたく(な)、馬鹿《ばか》(な)

2　**物事の状態や、それにたいする話し手の判断を表すものが大半である**

感情、願望、否定を表すものは少ない

3　**造語性《ぞうごせい》が豊かである**

a　漢語からできたもの

漢文を日本語として読む際に出来上がり、定着した。

物事の性質を表す漢語に「なり」をつけてできあがったものが、さらに時代とともに変化して現在の形になった。

応急な、確実な、高等な、合理的な、充分《じゅうぶん》な、重要な、正式な、悲惨《ひさん》な、封建《ほうけん》的な、豊富な

【注】動作、作用の様子を表す漢語に「たり」をつけたものは副詞となった。（現代語で漢字熟語＋「と」の形になっている副詞の大半がこれである。）

b　外来語からできたもの

外来語（一般には各国語の形容詞）も活用語尾《ごび》をつけることによって、ナ形容詞にすることができる。

hot → ホットな　unique → ユニークな　speedy → スピーディーな　delicate → デリケートな　up-to-date → アップツーデートな　now → ナウな　high＋sense → ハイセンスな

C　紛《まぎ》らわしいもの

1　イ形容詞およびナ形容詞の両方の活用を持つもの

（暖かい／暖かな）　（細かい／細かな）　（柔《やわ》らかい／柔《やわ》らかな）　（ひよわい／ひよわな）

2　イ形容詞でありながらナ形容詞の活用の一部（連体形のみ）を持つもの

（おおきい／おおきな）　（ちいさい／ちいさな）　（おかしい／おかしな）

〔二〕形容詞の活用

活用形	イ形容詞	ナ形容詞
語根	よ	きれい
連体形	よい	きれいな
現在形	よい	きれいだ
連用形	よく	きれいに
否定形	よくない	きれいで(は)ない
テ形	よくて	きれいで
推量形	よかろう	きれいだろう
過去形	よかった	きれいだった
タリ形	よかったり	きれいだったり
タラ形	よかったら	きれいだったら
仮定形	よければ	きれいならば

A 活用例——イ形容詞

連体形　大きい家

現在形　この家は大きい。

連用形　一年で、十センチ大きくなった。

否定形　私の家は大きくない。
推量形　この服は妹にはまだ大きかろう。
過去形　母の住んでいた家は大きかった。
テ　形　この服は大きくて、だぶだぶだ。
タラ形　あなたに大きかったら、私が使うわ。
タリ形　大きかったり、小さすぎたりして、ちょうどいいのがない。
仮定形　もっと大きければ、私が着られるのに。

B　活用例——ナ形容詞

連体形　元気な子供
現在形　太郎は元気だ。
連用形　外で元気に遊ぶ。
否定形　この頃《ごろ》あまり元気ではない。
推量形　田中さんは元気だろうか。
過去形　昨日会ったときは元気だった。
テ　形　父が元気で、安心した。
タラ形　あの人が元気だったら、いっしょに行けるのに。
タリ形　日によって、元気だったり、元気がなかったりする。
仮定形　元気ならばいいが……。

練習問題〔一〕〔二〕

次の文から形容詞を抜《ぬ》き出し、連体形を書きなさい。

1 柔道《じゅうどう》をするのに何が必要だろうか？（　　）
2 一人で暮《く》らしていてはさびしかろうに。（　　）
3 今日は一日とても暑かった。（　　）
4 講義を真剣《しんけん》に聞いていた。（　　）
5 乗客の安全の確保が大切だ。（　　）

第四章 形容詞の役割と活用形

〔一〕述語になる

A 現在形

1 現在の状態を表す

(1) 昨日は寒かったが、今日は暖かい。

(2) 私は母より背が高い。

(3) あの子はとても素直《すなお》だ。

2 一般的真理

(1) 地球は丸い。

(2) 日本の夏は蒸し暑い。

(3) 水銀は人体に有害だ。

B 過去形

1 過去の状態

(1) 昨日のサイクリングは楽しかった。

(2) お風呂《ふろ》は少し熱かったが、我慢《がまん》して入った。
(3) 医者の処置は適切だった。

C 推量形

1 推量した状態

(1) 冬にランニング一枚では寒かろうに。
(2) 良かろうと思ってしたのにかえって悪い結果になってしまった。
(3) 冬山を一人で登るのは危険だろう。

【注】 現在では、イ形容詞でも、推量形のかわりに、形容詞の現在形に「だろう」「でしょう」をつけた形が用いられることが多い。

冬にランニング一枚では寒いだろうに。

病院で一日じゅう寝《ね》てばかりではつまらないだろう。

D 否定形

(1) このスパゲッティはおいしくない。
(2) 彼《かれ》の態度はあまり立派ではなかった。

【注】 1 「ない」の前に助詞の「も」や、「は」を挿入《そうにゅう》することが出来る。
(1) パーティーは、おもしろくも、楽しくもなかった。
(2) 試験は難しくはなかったんだが、出来なかった。
2 「ない」そのものも形容詞である。
cf. 動詞の否定形の「ない」は助動詞として分類される。

E　語根——独立文で（イ形容詞のごく一部とナ形容詞）

(1) おお、寒《さむ》。（寒い）
(2) あっ、痛《いた》。（痛い）
(3) わあ、すてき。（すてきな）
(4) まあ、上手《じょうず》。（上手《じょうず》な）

〔二〕用言（動詞・動詞句あるいは形容詞）にかかる

(1) 用言を修飾《しゅうしょく》する

A　連用形

(1) 大きく息を吸う。
(2) 楽しく皆《みな》でハイキングに行った。
(3) 簡単に食事をする。
(4) 糸が複雑にからんでいて、なかなかほどけない。

【注】副詞的に用いられて、程度を表している場合、もとの形容詞とは意味が異なってくるものがある。

ひどく、すごく、えらく、おそろしく、すばらしく、はなはだしく、ばかに

(2) 形容詞を並《なら》べる

A　連用形（イ形容詞のみ）

B　テ形

C　現在形＋し

1　述語を並《なら》べる

(1)　あの映画は｛おもしろく／おもしろくて／おもしろいし｝ためになる。

(2)　彼女《かのじょ》は｛きれいで／きれいだし｝親切だ。

2　述部を並《なら》べる

(1)　合成皮革は手入れも｛簡単で／簡単だし｝値段も安い。

(2)　この服は妹には｛大きく／大きくて／大きいし｝わたしには小さすぎる。

3　文を並《なら》べる

(1)　空は｛青く／青くて／青いし｝空気はすんでいる。

(2)　風は｛さわやかで／さわやかだし｝緑が美しい。

【注】テ形が用いられた場合は次のいずれかに解釈される。(テ形を用いることが出来るものも次のいずれかの場合に限られる。)

a　後ろの条件となっている

(1)　この部屋《へや》は静かでいいですね。

(2)　あの人は背が高くて素適だ。

b　述部あるいは文を列挙する

(1)　この部屋《へや》は静かで、明るい。

(2)　あの人は、背が高くて、やさしくて、頭がいい。

(3)　空は青くて、水もすんでいる。

これに対して、他の二形(「連用形」および「現在形+し」)は単なる列挙の場合がほとんどである。

(3)　文を修飾《しゅうしょく》する

A　仮定形

1　仮定

(1)　暑ければ、窓を開けてください。

(2)　天気がよければ、出かけましょう。

(3)　大変ならば、お手伝いしますよ。

2　既《き》定《てい》

(1)　スーパーがこんなに近ければ便利ですね。

(2)　「水清ければ、魚《うお》住まず。」

(3)　そんなにいやならば、行かなくていいよ。

3 並《へい》列《れつ》

(1) あの店は品もよければ、値段も安い。
(2) この本は内容も面白くなければ、訳も悪い。
(3) あいつは歌もだめなら(ば)、踊《おど》りもだめだ。

B タリ形

(1) 母のいれてくれるコーヒーは濃《こ》かったり、薄《うす》かったりする。
(2) この頃《ごろ》は、暑かったり寒かったりするので、着る服に困ります。
(3) 上手《じょうず》だったり下手《へた》だったりするのは、プロとは言えない。

C タラ形

(1) お湯が熱かったら、水を入れてください。
(2) もしよかったら一緒《いっしょ》に食事をしませんか。
(3) 私のことを嫌《きら》いだったら、どうしよう。

D 推量形A＋と＋推量形B＋と

条件を表す慣用表現（「どんな状況《じょうきょう》でも」の意味）

【注】 ABは互《たが》いに反意の表現になることが多い。

(1) 暑かろうと寒かろうと毎日ジョギングしています。
(2) 明日は天気が良かろうと悪かろうと出かけるつもりです。

E　イ形容詞の連用形＋「たって」
ナ形容詞の語根＋「だって」

既定《きてい》あるいは仮定の逆接表現

(1) 悲しくたって、泣いてばかりいてはいけない。
(2) 少しぐらい高くたって、いいものを選んだほうがいい。
(3) いくら便利だって、そんなに高いものは買えない。

【注】この構文は動詞と用いられたときには完了《かんりょう》の意味がある。

cf. そんなことしたって、だめだ。
明日雨が降ったって行く。

〔三〕体言（名詞および名詞句）を修飾《しゅうしょく》する

A　連体形

1　形容詞＋名詞

(1) こんなに高いコートを買う人がいるんだろうか。
(2) おいしいお菓子《かし》をありがとうございました。
(3) 高級なレストランでは白いテーブルクロスがかかっている。

2　形容詞1＋形容詞2＋名詞

形容詞2は必ず連体形になる。形容詞1は、テ形が一番自然だが、連体形や、連用形（イ形容詞のみ）をとることもできる。

(1) 安くて／安い／安く　おいしい店を知ってるけど一緒《いっしょ》に行かない？

(2) 素直で／素直な　かしこい子供。

【注】形容詞1にテ形が用いられた場合には単なる列挙ではなく、それが形容詞2の条件となっているという解釈も可能である。これに対して連体形や連用形の場合には単に形容詞が二つ並置《へいち》されるにすぎない。そのため次のような文ではテ形以外は多少不自然に感じられる。

面白くて楽しい映画が見たい。
明るく眼が疲《つか》れない照明が必要だ。

3 名詞＋助詞＋形容詞＋名詞

(1) 設備のよいホテルに泊《と》まった。
(2) コーヒーのおいしい店。
(3) 心の(が)きれいな人です。
(4) 店員が親切な店で買物をする。

B 否定形

(1) おもしろくない小説
(2) おいしくないスープ
(3) 快適で(は)ない部屋《へや》

C　過去形

(1) テーブルクロスを変えたら、薄暗《うすぐら》かった部屋《へや》が明るくなった。
(2) 昨日はきれいだった花がすっかりしおれてしまった。

cf. 第五章「形容詞のテンスとアスペクト」

〔四〕名詞的用法

A　語　根

(1) ナ形容詞の語根

1　名詞となるもの

ナ形容詞は名詞的要素が強く、語根が名詞として用いられるものも多い。

cf. 第三章〔一〕B「ナ形容詞の特徴《とくちょう》」

(1) わずかのことで怒《おこ》るのは男らしくない。
(2) 健康を第一に考えなくてはいけない。

2　特殊《とくしゅ》な連句の中で

(1) かれはハンサムはハンサムだが、頼《たよ》りない。
(2) そういうケースはまれと言えばまれだが、ないわけではない。

(2) イ形容詞の語根

1　名詞となるもの（色や形を表す形容詞）

色を表す……赤、青、白、黒、黄色、茶色

形を表す……丸、四角

人を表す……のろ、わる

(1) 信号は青になった。

(2) 地面に丸を書く。

(3) あいつは悪《わる》だ。

2 **格助詞の「の」がつくもの**（1以外）

赤の他人、ながの別れ、いとしの人

B 連体形

1 **＋助詞**（形式名詞から派生した助詞）

の　暑いのは苦手です。

ばかり　このコーヒーは苦いばかりでおいしくない。

だけ　器用なだけがとりえだ。

ぐらい　すこし寒いぐらい我慢《がまん》しなさい。

ほど　新しいほどいい。

ので　便利なのでぜひ買いたい。

2 **形式名詞「の」が省略されて**（イ形容詞のみ）

(1) うれしい［の］はうれしいんですが……。

(2) 寂《さび》しい［の］は寂《さび》しいが、一人で生活するのもいいものです。

C　連用形（特殊《とくしゅ》なもののみ）

名詞的に用いられ、いろいろな助詞を伴《ともな》うことが出来るもの

1　**近く**

(1) 道に迷ったら、近くの人にきいてください。

(2) 駅の近くに公園がある。

2　**遠く**

(1) 近くばかりではなく、時々遠くを見なさい。

(2) 遠くに見える山々は雪をかぶっていた。

3　**多く**

(1) キャンプに参加した人の多くは学生だった。

(2) 帰国すると多くの人々に歓迎《かんげい》された。

【注】「多い人」とは言わない。ただし、「…が多い人」ということはできる。

4　**早く、遅《おそ》く**

(1) 朝早くから夜遅《おそ》くまで開いている店。

(2) 夜遅《おそ》くに、誰《だれ》かが訪ねてきた。

5 古く

(1) 古くから有名なお寺。

(2) この町は古くには都であった。

【注】これら以外の形容詞にも次の助詞は接続することが出来る。この場合、形容詞は名詞的に用いられているのではなく、各々の助詞が間に割り込《こ》んだにすぎない。連用形は本来の連用修飾《しゅうしょく》の機能を果たしている。

（係助詞）は、も、しか、さえ

安くさえあればいいというものではない。

（副助詞）ばかり、など、だけ

そんなに悪くばかり考えないほうがいい。

〔五〕形式形容詞に続く形

A 語根

a ＋そうだ、そうです（推量）（第八章〔五〕参照）

(1) 今度の魚は大きそうだ。

(2) あんなに元気そうにしていたのに……。

b ＋らしい（ナ形容詞のみ）（第八章〔二〕(2)参照）

(1) 田中さんは試験の準備で大変らしい。

(2) この切符《きっぷ》は都内のどのバスにも共通らしい。

c ＋がる（用法などの詳細《しょうさい》は第六章参照）

(1) 子供があまり寒がるので急いで帰宅してしまった。
(2) そんなに面倒《めんどう》がらないで、自分でやってみなさい。

B　現在形

a　＋そうだ、そうです（伝聞）
(1) 試験は簡単だそうだ。
(2) ここのコーヒーは、おいしいそうだ。

b　＋らしい（イ形容詞のみ）（第八章参照）
(1) 駅はここから近いらしい。
(2) 今日は、一日じゅう天気がいいらしい。

c　＋だろう、なら（イ形容詞のみ。活用はナ形容詞に準じる。）
(1) 毎日、一人で食事するのはつまらないだろう。
(2) 暑いですか。暑いならクーラーをいれましょう。

d　＋でしょう（イ形容詞のみ。活用はナ形容詞に準じる。）
(1) 今年の冬の寒さは厳しいでしょう。
(2) あの先生の講演なら、きっとおもしろいでしょう。

【注】「だった」、「だ」、「でした」、「です」は形容詞の後には付かないのが普通《ふつう》だが、最近の傾向《けいこう》として、「おいしいです」、「おいしかったです」の形も許容される傾向《けいこう》にある。

C 連体形

a ＋ようだ、ようです

(1) 流れがはげしいようだ。

(2) この道で間違《まちが》いないようです。

(3) あの人は、肉が嫌《きら》いなようだ。

(4) この天気では、登山はあきらめた方が無難《ぶなん》なようだ。

b 過去形

「そうだ（伝聞）」「らしい」「ようだ」「みたいだ」「だろう」等に接続することができる。

c 否定形

「そうだ（伝聞）」「らしい」「ようだ」「みたいだ」「だろう」等に接続することができる。

練習問題

次の（　）の中の形容詞を例にならってふさわしい形に変えなさい。

【例】 あの人はとても（親切な）。

→（あの人はとても親切だ。）

1 先生の話では、今度の試験は（簡単な）そうだ。

→（　　　　　　　　）

2 （寒い）―ば、ヒーターを入れてください。

↓（　　　　　）

3　あんな薄着《うすぎ》では（寒い）―うに。

↓（　　　　　）

4　一人でする食事は（楽しい）―ない。

↓（　　　　　）

5　この店の魚はいつも（新鮮《しんせん》な）。

↓（　　　　　）

6　（さわやかな）風が吹《ふ》いている。

↓（　　　　　）

7　（大きい）―たり（小さい）―たりしてちょうどいいのをさがすのは難しい。

↓（　　　　　）

8　台所がもう少し（広い）―たらいいのに……。

↓（　　　　　）

9　話し声が（うるさい）―て、眠《ねむ》れない。

↓（　　　　　）

10　この本は（おもしろい）―て、役にたつ本です。

↓（　　　　　）

第五章　形容詞のテンスとアスペクト

〔一〕 形容詞の過去形はいつ用いるか

1　述語として

形容詞の過去形は、既《すで》に終わってしまったことを表すのに用いられる。形容詞が表している状態が現在にまで続いている時（あるいは続いていると話し手が意識する時）は現在形が用いられる。「この二、三日ずっと暑かった。」という文は潜在《せんざい》的に「今日はそれほどでもない。」という意味合いを含《ふく》んでいるし、「昨日も今日も暑い。」という表現も可能である。

(1)　この靴《くつ》はとても安かった。
cf.　この靴《くつ》はとても安い。

(2)　昨日の夜は、星がきれいだった。
cf.　ここは星がきれいだ。

2　従属節で

従属節内の形容詞は、その状態が主節と同時に起こっている場合には必ずしも過去形にする必要はない（各例文は、二文とも同じ事を表している）。過去形にした場合は、形容詞の表している状態が一過性のもの、あるいは既《すで》に終わってしまっているというニュアンスが伴《ともな》う。

(1) 靴《くつ》がとても安かったので、買った。
靴《くつ》がとても安いので、買った。
(2) 空がきれいだったので、星がよく見えた。
空がきれいなので、星がよく見えた。

3 **連体用法で**

形容詞が名詞を修飾《しゅうしょく》している場合、形容詞の表している状態が述部と同時に起こっている時は、その形容詞を過去形にはしない。過去形を用いるのは、その状態が、述部が起こった時点で終わっている場合に限られる。(＊印は、その文が正しくない文であることを示す。)

(1) 安い靴《くつ》を買った。
＊安かった靴《くつ》を買った。
cf. きのうまで高かった靴《くつ》が安くなった。
(2) 星がきれいな夜だった。
＊星がきれいだった夜だった。

4 **副詞的用法で**

過去形は用いられない。

練習問題〔一〕

次の文の中で間違《まちが》っているものを選びなさい。

1 天気がよかったので、布団《ふとん》を干した。
2 旅行の間ずっと天気がわるかった。
3 おいしかったラーメンを食べた。
4 楽しかった旅行の話をした。
5 日本の夏は暑かった。
6 昨日は一晩じゅう車の音がうるさい。
7 車の音がうるさくて眠《ねむ》れなかった。
8 大きかった服がちょうどよくなった。
9 山をおりながら、きれいだった夕日を見た。
10 彼《かれ》は難しい曲をみごとに演奏した。

〔二〕状態の変化を表すには

形容詞は状態や性質を表す言葉なので、それ自体で変化を表すことは出来ない。そのため、動詞との複合や接尾《せつび》語をつけることによって状態の変化を表す。

1 動詞「なる」との複合

動詞「なる」は、形容詞の連用形につながる。それぞれの形容詞が表している状態に変化することを意味している。

(1) 秋になると、葉が黄色くなる木と、赤くなる木とがあります。
(2) あなたが外国に行ってしまうと、寂《さび》しくなります。
(3) 入国の手続きがめんどうになった。

2 動詞「する」との複合

形容詞の連用形につながる。主体的に働きかけてその状態にすることを表している。

(1) 電気をつけて、明るくしよう。
(2) 日本の夏休みは短い。もっと長くしてほしい。
(3) やすりで板の表面をなめらかにした。

【注】 1と2は、意味の上からも、構文の上からも、違《ちが》いがある。次の二文を比較《ひかく》してみよう。

(1) 部屋《へや》がきれいになった。
(2) 母が部屋《へや》をきれいにした。

(1)は単に「きれいな部屋《へや》になった」という事実を述べているにすぎない。これに対して(2)では、「きれいな部屋《へや》」にするために、誰《だれ》か（この場合は母）が、かたづけたり、掃除機《そうじき》をかけたりして、主体的に取り組んだことが示されている。(1)では「部屋《へや》」が主語になり、(2)では目的語になっていることにも注意する必要がある。

3 接尾語《せつび》を用いて動詞化する

接尾語《せつび》の「む」「まる」「める」をつけることによって形容詞の表している状態になることを示すことができる。しかし、各々の接尾語《せつび》をとることのできる形容詞は限定されている。（詳《くわ》しくは「付録(2)派生形式」参照）

練習問題〔二〕

（　）の中の形容詞を「なる」か「する」をつけて、適切な形に直し、文を完成しなさい。

1　春分《しゅんぶん》を過ぎると夜がだんだん（短い）。
（　　　　　　　　　　　）

2　カーテンをしめて、部屋《へや》を（暗い）。
（　　　　　　　　　　　）

3　もう少し（静かな）―てください。
（　　　　　　　　　　　）

4　（おとなしい）―なかったので、しかられた。
（　　　　　　　　　　　）

5　今年から留学の手続きが（簡単な）―ました。
（　　　　　　　　　　　）

第六章　感情形容詞

〔一〕感情形容詞の特徴《とくちょう》

形容詞の中で特に主観的な感情・感覚を表現しているものを感情形容詞として分類することができる。（これに対して、そのほかの客観的な状態・性質を表現しているものを属性形容詞と呼ぶ。）この感情形容詞は、意味の上ばかりでなく、統語的にも属性形容詞とは異なった次のような特徴《とくちょう》を持っている。

1　主語は感情の主体としての人間である。

平叙《へいじょ》文で述語に使われた場合は、話し手自身の感情や感覚を表す。

(1)　私はその知らせを聞いてとても悲しかった。

(2)　昨日は遅《おそ》くまで起きていたので、すごく（「わたし」は）眠《ねむ》い。

(3)　せっかく行ったのに、あの人に会えなくて（「わたし」は）残念だ。

(2)(3)の例のように文中に主語が明示されていない場合にも、その感情あるいは感覚の持ち主は「わたし」である。

2　話し手以外の感情・感覚を表現するときには、形式形容詞「そうだ」を後置する。（あるいは、「がる」を接続する。次項《じこう》3参照）

遺憾《いかん》だ↓遺憾《いかん》そうだ、嬉《うれ》しい↓嬉《うれ》しそうだ、悲しい↓悲しそうだ、苦しい↓苦しそうだ、悔《くや》しい↓悔《くや》しそうだ、寂《さび》しい↓寂《さび》しそうだ、残念だ↓残念そうだ、つらい↓つらそうだ、わずらわしい↓わずらわしそうだ

3　「ーがる」を伴《ともな》って動詞となることができる。（感情の対象は格助詞「を」によって示される。）

前記2が話し手の観察による第三者の心情の推察であるのに対し、「ーがる」は動詞化することから、そのような心情を吐露《とろ》する第三者の動作を話し手が解釈したものとなっている。表情や、身振《みぶ》りを伴《ともな》った言動であることが多い。

哀《あわ》れな↓哀《あわ》れがる、痛い↓痛がる、おもしろい↓おもしろがる、けむたい↓けむたがる、愉快《ゆかい》な↓愉快《ゆかい》がる

4　対象語は「が」格のことが多い。

(1)　この年になってもまだ私は暗闇《くらやみ》がこわい。

(2)　試験の結果が心配だ。

以上のような特徴《とくちょう》を示すものは感情形容詞に分類されるが、感情・属性両方の機能をもつものも少なくない。次の例文において、aは感情形容詞、bは属性形容詞である。

(1)　a　柔道《じゅうどう》は好きだが、朝寝坊《あさねぼう》の私には寒稽古《かんげいこ》はきつい。

　　b　このひもは結び目がきつくて、ほどけそうもない。

(2) a 良い住まいを見つけることができて幸せです。

b あの人の一生は幸せだった。

感情主が一人称であるという制約によって、感情形容詞の終止形は話し手が直接体験していることを述べるのに用いられる。しかし、次のような文脈では、話し手の感情を表現しているのではない。したがって、その制約はない。

1 小説等で、登場人物の視点から語られる文体

(1) 彼《かれ》は小声でその子供の歌をまねてみた。よく歌えないので寂《さび》しかった。（遠藤周作「沈黙」）

(2) 「江口は味気なかった。」（川端康成「眠れる美女」）

2 二人称（聞き手）にたいする質問の中

(1) 「お寒いですか。」

(2) 「なにか飲みたいの。」

(3) 「これが欲しいですか。」

3 「…と思う」「…だろう」「…らしい」「…ようだ」「…のだ」「…に違《ちが》いない」等、話し手の判断・説明・推量等のムードを持つ文の中

(1) （私は）あの人はこんな話は聞きたくないと思う。

(2) 中村君も行きたいだろうから、さそってみよう。

(3) あの学生はいい成績が欲しいらしい。

(4) フィアンセが訪ねて来ると、父は不機嫌《ふきげん》になる。寂《さび》しいのだ。

(5) 立派に仕事をしているのに窓際族《まどぎわぞく》あつかいされるのはいやに違《ちが》いない。

4 連体修飾《しゅうしょく》構文中

(1) 証明書がほしい人は事務室まで来てください。
(2) うれしいニュースにみな小おどりして喜んだ。
(3) わざわざ来るのがめんどうな場合は電話するだけでいいで。

5 一般的な性質として

(1) 別れは悲しい。
(2) 寝不足《ねぶそく》はつらい。

練習問題〔一〕

例にならって次の文を二つの文に書き換《か》えなさい。

【例】 私はワープロが欲しい。
↓ (a) 山田さんもワープロが欲しそうだ。
↓ (b) 山田さんもワープロを欲しがっている。

1 パーティーに伺《うかが》えなくて残念です。
↓ a 家内も（　　　　　）。
↓ b 家内も（　　　　　）。

2 私は雷《かみなり》がこわい。

↓a 娘《むすめ》も（　　　　　　　　　　　　　　　　　　　　）。
↓b 娘《むすめ》も（　　　　　　　　　　　　　　　　　　　　）。

3 僕《ぼく》は人前で歌うのが恥《は》ずかしい。
↓a 彼《かれ》も（　　　　　　　　　　　　　　　　　　　　）。
↓b 彼《かれ》も（　　　　　　　　　　　　　　　　　　　　）。

4 私は食事の後かたずけがいやです。
↓a 主人も子供も（　　　　　　　　　　　　　　　　　）。
↓b 主人も子供も（　　　　　　　　　　　　　　　　　）。

5 ペットのポチが死んでしまってひどく寂《さび》しい。
↓a 子供達も（　　　　　　　　　　　　　　　　　　）。
↓b 子供達も（　　　　　　　　　　　　　　　　　　）。

6 海外旅行に出かけたい。
↓a 友達も（　　　　　　　　　　　　　　　　　　　）。
↓b 友達も（　　　　　　　　　　　　　　　　　　　）。

7 先生に御指導いただいて大変ありがたいです。
↓a 他の学生達も（　　　　　　　　　　　　　　　　）。
↓b 他の学生達も（　　　　　　　　　　　　　　　　）。

8 毎日髪《かみ》をシャンプーするのはおっくうです。
↓a 姉も（　　　　　　　　　　　　　　　　　　　　）。
↓b 姉も（　　　　　　　　　　　　　　　　　　　　）。

〔二〕「―がる」の用法に関する制限と注意すべき点

「―がる」は、形容詞の語根について感情が表出された際の態度・言動を解釈的・客観的に述べるという意味機能から、当然感情形容詞につきやすく、属性形容詞にはつきにくい。逆に言えば、「―がる」がつくものは主観的な感情・感覚を表す感情形容詞であるか、感情形容詞的要素を持つ属性形容詞であり、つかないものは原則として客観的な性質・状態を表す属性形容詞である。「―がる」がこの二つのタイプの形容詞を区別する統語的な手掛《てがか》りとされるゆえんである。「―がる」がつくもの、つかないものに関して重要な点を以下に挙げる。

1 感情形容詞は前述のように「―がる」の付加によって客観的な判断・描写の動詞となる。

2 「危ない」「きたない」「みっともない」「めずらしい」「うるさい」「重宝《ちょうほう》な」「やっかいな」などの形容詞は三人称主語に用いて「―がる」の付加が可能であるが、それに対応する「私は――」という構文において話し手の感情表現の述語としては成立しにくい。ただし、「長い」「大きい」などの典型的な属性形容詞に比べれば主観的判断の色が濃《こ》い。

(1) その母親は危ながって、子供を外で遊ばせない。
(2) 男の人達は一般にゴミを出すのをみっともながる。
(3) 林さんはスイス製の登山ナイフをとても重宝《ちょうほう》がって、いつもポケットに入れています。
(4) 坂本さんは「帰るコール」をかけるのをやっかいがって、奥《おく》さんをイライラさせます。

3 「強い」「新しい」「粋《いき》な」「純情な」などの形容詞も、「―がる」の付加が可能である。これらは2のグループよりも純粋《じゅんすい》に属性形容詞的性質を持っている。このような形容詞に「—がる」がついた場合、「実際はそうではないがそういうふりをしている、あるいは誇示《こじ》している」という意味合いを含《ふく》む表現となる。

(1)　彼《かれ》は強がっているけれども、実は心配でたまらないんですよ。

(2)　あの人は似合わない服を着て粋《いき》がっている。

4　次のような形の上で対《つい》をなす形容詞では、上列のものにはつかない。たとえついたとしても下列が優位である。

(1)　眠《ねむ》い—眠《ねむ》たい

(2)　重い—重たい

(3)　けむい—けむたい

5　次のような対《つい》をなす形容詞では、下列のものにのみつくことができる。

(1)　涼《すず》しい、暖かい—寒い、暑い

(2)　やさしい—難しい

(3)　きれいな—きたない

6　形容詞の肯定《こうてい》形にはつくが、否定形にはほとんどつかない。次のような例では可能ではあるがこれらの形容詞は、もともと肯定《こうてい》形が存在しなかったり、「—ない」が否定辞ではなく、終止形の一部分として認識されているものである。

(1)　彼《かれ》はその失敗を非常に面目《めんぼく》ながった。（面目《めんぼく》ない）

(2) 彼女《かのじょ》は一人で食事をするのを味気《あじけ》ながって、いつも私を誘《さそ》い出そうとした。（味気《あじけ》ない）

(3) 子供達はその長い映画をつまらながりもせず、静かに終わりまで見ていた。（つまらない）

7 感情を表す形容詞であっても、「心配な」「楽しい」「うれしい」などは、「心配する」「楽しむ」「喜ぶ」など、感情を表現する動詞が存在するので、「―がる」の形は使われないか、使われても動詞が優先される。

8 「―がる」は、否定の命令形は可能であるが、肯定《こうてい》の命令形は用いられない。

(1) そんなものを欲しがるな。

(2) 寒がるな。

練習問題〔二〕

（　）の中の言葉を「―がる」の表現に変えて文を完成しなさい。

1 ハワイからきた学生達は雪を大変（珍《めずら》しい）ました。

（　　　　　　　　　　）

2 家の猫《ねこ》は変な猫《ねこ》で、ミルクを少しも（飲みたい）。

（　　　　　　　　　　）

3 一度ディズニーランドへ行きたいのですが、家族は誰《だれ》も（行きたい）。

（　　　　　　　　　　）

4　こんな本はちっとも面白くないと思うのですが、あの人は（面白い）て読んでいます。
（　　　　　　　　　　）

5　私は冬は寒くて嫌《きら》いだが、山田君はちっとも（寒い）。
（　　　　　　　　　　）

6　私はワープロが欲しいのだが、妻はCDプレーヤーを（欲しい）。
（　　　　　　　　　　）

7　この本は、内容は易しいのだが、漢字が多いため、誰《だれ》も（面倒《めんどう》な）て読まない。
（　　　　　　　　　　）

8　あの子は小さな傷を（痛い）て泣いています。
（　　　　　　　　　　）

9　子供達がコアラを（見たい）ので、動物園に連れて行くつもりです。
（　　　　　　　　　　）

10　親切な忠告をしてもらっても（迷惑《めいわく》な）人が多い。
（　　　　　　　　　　）

第七章　形容詞とヴォイス（態）

〔一〕　願望の「たい」

動詞の連用形に接続して形容詞に変化させる接尾語《せつびご》である。感情形容詞の述語としての制限（第六章参照）を受けるので、平叙《へいじょ》文の現在形では主語は一人称でなければならない。願望の対象を表すには、格助詞「が」あるいは「を」を伴《ともな》った名詞句が使われるが、その選択《せんたく》については次のような要因が関わっている。

1　ごく日常的な行動を表すいくつかの基本的な動詞、「食べる」「飲む」「見る」「買う」「する」等は「が」を伴《ともな》いやすい。特に、これらの動詞が終助詞「な」「ね」「よ」と共起《きょうき》しうるような、話し手の願望を直接的に表現した文の中で用いられている場合にこの傾向《けいこう》が強い。

(1) 何かおいしいものが食べたいなあ。
(2) 熱いコーヒーが飲みたいね。
(3) 今度の日曜は絶対ウィンドサーフィンがしたいよ。
(4) 早く孫の顔が見たいです。

【注】1においては「を」よりも「が」が自然に聞こえると思われるが、同じ名詞句と動詞であっても、

「おいしいもの が／を 食べたいという気持ちを持つことは良いコックの条件である。」というような、話し手の願望を直接表現しているのではない場合、「を」も「が」も同じように自然である。

2 問題の名詞句が文の焦点《しょうてん》を含《ふく》む場合、その部分が特に強調して発音され、「―たい」文で普《ふ》通《つう》「を」を伴《ともな》う動詞であっても「が」が用いられることがある。

(1) a あなたを助けたい。

b あなたが助けたいから、わざわざ来たのです。(彼《かれ》を助けたくて来たのではない。)

(2) a 今日は私の生立《おいた》ちをお話ししたい。

b 今日は、私の生立《おいた》ちがお話ししたいのであって、私の現在の仕事については申しあげるつもりはありません。

3 文の構造がより複雑になった場合。たとえば、「―たい」文の中に埋《う》め込《こ》まれていると考えられる補文が、さらにその中に使役や授受文（いわゆる「やりもらい表現」）のような補文構造を持っていたり、「―たい」が複合動詞と共に用いられたり、名詞句と「―たい」の部分との間に副詞句が挿入《そうにゅう》された場合、統語上の問題というよりも、文理解上の問題から、「が」よりも「を」が伴《ともな》われると考えられる。「―たい」文で「を」が好まれる場合について文の長さが問題にされるのはこのためである。

A 複雑な補文構造をもっている場合

(1) 祖母に暖かいセーターを編んであげたい。

(2) このケーキを食べてしまいたいんですが、いいですか。

(3) この二つのタイプライターを使いくらべてみたい。
(4) あの人にぜひこの本を読ませたい。

B　名詞句と「―たい」の部分の間に副詞句等が挿入《そうにゅう》されている場合

(1) いいワープロを秋葉原《あきはばら》あたりで安く買いたい。
(2) 事件の真相をもっと詳《くわ》しく聞きたい。
(3) 酒を君と一度ゆっくり飲みたいものだ。
(4) モーツァルトをあの人の指揮で聞きたい。

4　「―たい」には、話し手の願望を言い表しつつ丁寧《ていねい》な要求をする、次のような用法もある。これは慣用的に使われるかなり書き言葉的な表現であり、です／ます体になることはない。対象は常に「を」を伴《ともな》う。

(1) この件については、別項《べっこう》を参照されたい。
(2) この奨学金《しょうがくきん》を希望する者は、今月中に学生部まで申し出られたい。
(3) 見学者は、正面玄関脇《げんかんわき》のロッカーを利用されたい。

練習問題〔一〕

［　］内に「が」または「を」を入れ、（　）を〈　〉内の動詞を使った願望表現にしなさい。

1　ああ、おなかがすいた。早く昼ごはん［　］（　）なあ。〈食べる〉
2　「スミスさんに何か聞きたいことがありますか。」「最近のボストンの様子［　］（　）です。〈聞く〉

3　祖父が生きているうちに、昔の話［　　］一度ゆっくり（　　　）たが、残念だ。〈聞いておく〉
4　病人には何とかこの薬［　　］（　　　）です。〈飲んでもらう〉
5　この本［　　］今度の読書会で（　　　）という人が多いですよ。〈取り上げる〉
6　天気のいい日に、あの山［　　］もう一度ここから（　　　）。〈眺《なが》める〉
7　この本に出ているケーキ［　　］、写真のようにきれいに（　　　）。〈作ってみる〉

〔二〕「欲しい」

自分のものにしたい、手に入れたいという意味の願望を表す。助詞「が」または「を」を伴《ともな》って目的語をとりうる。授受を表す動詞（「あげる」、「もらう」等）と同じく、名詞句を目的にとる場合と、補文を目的にとる場合がある。補文の主語は「に」（または「が」）を伴《ともな》う。使用に関する制約は次のようなものである。

1　感情形容詞と同様に主語に関する制約を受ける。
2　補文をとる場合、「―てほしい」は「―てもらいたい」に近い表現であり、「―ていただきたい」に相当する。目上の人に言及《げんきゅう》する場合は不適当であることが多い。
3　否定形には、「―て欲しくない」、「―ないで欲しい」の二通りがある。意味的には、ほとんど同義である。

(1)　新しい車が欲しい。
(2)　だんだん寒くなって、コートが欲しい季節になった。

(3) 「お金や地位は欲しくない。のんびり暮《く》らしたい。」という若者が増えている。

(4) いい辞書が欲しくて、ずいぶんあちこちで探したが、見つからない。

(5) なんとかしてマイホームが欲しかったが、地価《ちか》がこんなに上がっては、諦《あきら》めざるをえない。

(6) 太郎くんは、クリスマスプレゼントにファミコンを買ってほしいと思っているようだ。

(7) これを今度の土曜日までに家へ届けてほしいんですが……。

(8) あなたの意見を是非聞かせてほしい。

(9) 出来るか出来ないか、私にやらせてみてほしい。

(10) 息子《むすこ》に山へ登ってほしくないと、母親は思っている。

練習問題〔二〕

例にならって次の文を書き換《か》えなさい。

【例】 太郎さんは電話をかけました。→花子さんにも（電話をかけて欲しいです）。

1　山田さんはシンポジウムに参加します。
→佐藤さんにも（　　　　　　　）。

2　妹は早く帰ってきます。
→弟にも（　　　　　　　）。

3　私は毎週手紙を書きます。
→友達にも（　　　　　　　）。

4 貸してくれるよう頼《たの》んでみます。
↓あなたからも（　　）。

5 悲しくなるから、見送りに来ないでください。
↓中村さんにも（　　）。

6 長い小説でしたが、最後まで読んでしまいました。
↓皆《みな》さんにも（　　）。

7 十時までは待っています。
↓君にも（　　）。

8 困った時はいつでもあなたに相談します。
↓あなたも私に（　　）。

〔三〕「―ない」を含《ふく》む形容詞

「―ない」を終止形の一部として含《ふく》むイ形容詞、「つまらない」「面目《めんぼく》ない」「危ない」の三つを取り上げてその敬体（です／ます体）について考えてみる。

(1) こんな寒い日に外出して、風邪《かぜ》を引いてはつまらない。
↓こんな寒い日に外出して風邪《かぜ》を引いては｛つまらないです／つまりません｝。

(2)　今度の件は、まことに面目《めんぼく》ない。→今度の件は、まことに｛面目《めんぼく》ないです／面目《めんぼく》ありません｝。

(3)　この道は車が多くて危ない。→この道は車が多くて危ないです。

(1)の「つまらない」に「つまりません」という形が出現するということは、この形容詞が本来、動詞から派生したものであることを示している。したがって、「つまらない」の「ない」は否定の助動詞と考えられる。このタイプの形容詞には、他に「もの足りない」「いたたまれない」「やりきれない」「煮《に》え切らない」「やむを得ない」等がある。

(2)の「面目《めんぼく》ない」は「面目《めんぼく》ありません」が現れることから、この「―ない」が本来「ある」の反対語としての形容詞の「ない」であることが分かる。このタイプには、「味気《あじけ》ない」「しかたない（しょうがない）」「なさけない」「みっともない」「とんでもない」等がある。

また、(3)のようなタイプには、「きたない」「少ない」「はかない」「つれない」「おっかない」「えげつない」等がある。これらは純粋《じゅんすい》な形容詞と考えることができる。

練習問題〔三〕

次の文を敬体にした時、「―です」の形以外に可能な形がありますか。あれば書きなさい。

1　一人で食事をするのは何とも味気《あじけ》ない。

（　　　　　　　　）

2 大切な会議だが、病気では欠席もやむを得ない。（　　）
3 ここでタバコを吸ってはいけない。（　　）
4 そんな穴のあいた靴下《くつした》はみっともない。（　　）
5 「日本語がおじょうずですね。」「とんでもない。」（　　）
6 お腹《なか》がすいていたので、定食ではものたりなかった。（　　）
7 行きたくないけど、約束《やくそく》しちゃったからしょうがないね。（　　）
8 読める漢字は多いけれども、書ける漢字は少ない。（　　）

〔四〕「―なくて」と「―ないで」

否定形のテ形としては、形容詞系の「―なくて」と助動詞系の「―ないで」があるが、形容詞文と名詞文に関しては「―なくて」のみ、動詞文に関しては「―なくて」と「―ないで」の両方が接続可能である。（＊の形は存在しない）

形容詞	A—くなくて	＊A—くないで
名　詞	Nではなくて	＊Nではないで
動　詞	V—なくて	V—ないで

(1) アメリカの大学は、日本とは反対に、入学するのは難しくなくて、卒業するのが大変なのだそうだ。

(2) 去年の夏は、あまり暑くなくて、凌《しの》ぎやすかった。

(3) 坂本さんは肉も魚も好きではなくて、奥《おく》さんはいつも料理に苦心している。

(4) その会社にとっては、円高は全く問題ではなくて、むしろ歓迎《かんげい》されているほどだ。

(5) 必要なのは才能ではなくて、熱意と努力である。

(6) その作家は日本ではあまり有名ではなくて、人気《にんき》もなかった。

(7) 日本に来た当時は、日本語がよくわからなくて、とても困った。

(8) ジャンにメリーを紹介《しょうかい》しようと思ったが、彼《かれ》はフランス語しかできなくて、彼女《かのじょ》は英語と日本語しか分からないので、あきらめた。

(9) 辞書を使わないで書いてみてください。

(10) 明日は試験なので、今晩は寝《ね》ないで勉強するつもりです。

問題となるのは、動詞文においてどのような場合にどちらを用いるのかということである。それには次のような原則があてはまる。

1　次のような環境《かんきょう》で、Vが否定形になる時は、「ないで」のみが用いられる。

V－て
- いる／おる
- ある
- 行く／来る
- みる
- おく
- しまう
- あげる／もらう、等
- ください
- ほしい

(1) 胃の調子が悪いので、一ケ月ほどずっとコーヒーやお酒は飲まないでいる。
(2) 傘《かさ》を持たないで行ったので、雨に降られて困った。
(3) 仕事、仕事と夢中《むちゅう》で働いて、とうとう四十になるまで結婚《けっこん》しないで来てしまった。
(4) シクラメンの葉の色が悪くなったので、しばらく水をやらないでみたら、また元気になった。
(5) これはまだ使えますから、捨てないでおきましょう。
(6) 彼《かれ》にはついに本当のことを告げないでしまった。悪いことをした。
(7) その医者は「本当の病名は本人には知らせないであげて下さい。」と頼《たの》まれた。
(8) くだらない噂《うわさ》をこれ以上広げないでもらいましょう。
(9) ここではタバコを吸わないでください。
(10) 税金を無駄《むだ》に使わないで欲しい。

2　テ形の部分と、その後ろの部分の主語が同じで、しかもその二つの動詞が共に意志動詞であって、主語によって直接コントロールされていると意識される時は、「―なくて」は使えず、「―ないで」のみ可能となる。とくにこの条件は、「…ないで…下さい」といった命令文や、「…ないで…ましょう」といった勧誘《かんゆう》文等にあてはまる。

(1) 朝は何も食べないで、九時までに病院の受付に来てください。

(2) 教科書を見ないで答えてください。

(3) あの人はきっと来ますよ。心配しないで待っていましょう。

(4) 授業の後、すぐ帰ってしまわないで、ちょっと相談しましょう。

(5) 健康のため、エレベーターやエスカレーターに乗らないで、階段を使おう。

練習問題〔四〕

〈　〉内の語を「―なくて」か「―ないで」のいずれか適当な方に変え、両方可能なものは両方の形にして（　）に入れなさい。

1　円高がこのまま（　　）、ドルが下がり続けると、日本で学ぶ留学生の生活はますます苦しくなる。〈とまる〉

2　いつでも誰《だれ》でも入れるように、このドアには鍵《かぎ》を（　　）おきましょう。〈かける〉

3　パンダは笹《ささ》しか（　　）、しかもデリケートな動物なので、世話が難しい。〈食べる〉

4　このカレーはあまり（　　）、子供でも食べられる。〈からい〉

5　電子レンジは料理するのにはあまり（　　）、ただ温めるためだけに使われてい

る。〈便利な〉

6 そんなひどい話を聞いて、（　　　　）いられようか。〈怒《おこ》る〉

7 ピアニストが三日練習（　　　　）いると、耳のいい聴衆《ちょうしゅう》にはそれが分かるそうだ。〈する〉

8 疲《つか》れているようだから、あしたは朝九時頃までは（　　　　）あげましょう。〈起こす〉

9 こんなに重い荷物は、（　　　　）行けたらいいんですが……。〈持つ〉

10 あの方《かた》は日本語の（　　　　）、中国語の先生です。〈先生だ〉

11 この答案用紙には鉛筆《えんぴつ》で書いてください。ペンでは（　　　　）ください。〈書く〉

12 このことはまだ誰《だれ》にも（　　　　）欲しい。〈言う〉

第八章　文のムードを表す形容詞

形容詞は物の属性、話し手の判断・感情などを言い表す点から、動詞よりも主観的な要素が強い。本書が形容詞を「判断詞」であるとみなす根拠《こんきょ》もそこにある。前章までで取り上げて来たのは、文の命題中での形容詞のはたらきであった。広い意味では、形容詞はすべてムード要因を持っているということができるが、本章では、命題内容に対する判断・推論などを話し手の視点から述べる際に用いられる、狭義《きょうぎ》のムード表現に関与《かんよ》する形容詞について検討する。これらは単独では文の述部とならず、常に補文をとる形式形容詞である。

〔一〕「らしい」(1)

深層の名詞文「N_1はN_2だ」に接続して、N_2が本来持っているべき、それにふさわしい特徴《とくちょう》を備えているという意味を表す。（名詞に直接接続する。）「Nらしい」と言った時、多くの場合は肯定《こうてい》的評価の意味合いを伴《ともな》い、「Nらしくない」と言えば、「その型を破っている」という、非難の意味が込《こ》められることが多い。（例外もある。例文(8)参照。）たとえば、「男らしい人」は男性であって、男性が持っているべき性質――一般に寛大《かんだい》さ、大らかさ、潔《いさぎよ》さといったものとして認識されている――を備えた人という意味になる。また、「春らしい天気」は、「砂ぼこりを運んでくる強い東風の吹《ふ》く天気」でも「寒暖の差の激《はげ》しい天気」でもない。それらは一般に好ましい性質とみなされていないからである。「春らしい天気」とは、「うららか」、「ポカポカ」といった肯定《こうてい》的評価を示す語彙《い》によって示される「日差しの暖かい、穏《おだ》やかな春の日の天気」のみを指す。この点から、日本人にとって「蒸し暑い夏」、「凍《こご》える冬」として認識されている夏や冬には「らしさ」がない。共起《きょうき》する副詞は、「実に」「まったく」「いかにも」「めっきり（…らしくなる）」などである。

(1) 仕事ではジーンズをはき、バイクで飛び回っているが、休日には和服でお茶を楽しむなど、実に女らしい面も彼女《かのじょ》は持っている。

(2) 自分が悪かったのなら男らしく謝るべきだ。もっと男らしい態度を取るべきだ。

(3) 「大きくなったら、お金を貯《た》めて、のんびり趣味《しゅみ》に合った生活がしたい。」などと、近ごろの子供達は子供らしくないことを言う。

(4) 「ここまで来られたのもファンの皆様《みなさま》のお陰《かげ》です。」と、彼《かれ》は苦労人らしい謙虚《けんきょ》な言葉で語った。

(5) 李《リー》さんはいかにも東洋人らしい礼儀《れいぎ》正しさを身につけている。

(6) 彼《かれ》のスピーチは決まり文句ばかりで、ユーモアやウィットが少しも感じられず、いつもの彼《かれ》らしさがまったくなかった。

(7) 田中さんは牧師らしくない牧師だ。なにしろ、趣味《しゅみ》はパチンコで、お酒もタバコも大好きなのである。

(8) そんな方法でお金を集めていたとは、まったくあの政治家らしいきたないやり方だ。

【注】 「らしい」が肯定《こうてい》的な価値判断の意味を含《ふく》むのに対し、否定的な価値判断を加《くわ》える「っぽい」「くさい」などがあるが、ここでは取り扱《あつか》わない。

練習問題〔一〕

（　）の中には次のA群から、［　］の中にはB群から、それぞれ適当な語を選んで入れなさい。

A　男　女　若者　学生　科学者　スポーツマン　横綱《よこづな》　日本人　春　子供

B　人　感じ方　服装《ふくそう》　態度　言葉づかい　顔　自信　夢《ゆめ》　生活設計

1 「暖かくなりましたね。」「本当に。めっきり（　　　）らしくなりましたね。」

2 彼《かれ》は（　　　）らしく、たくましく日焼けした［　　　］をしている。

3 彼女《かのじょ》は、若いうちは両親と、結婚《けっこん》したらしゅうとしゅうとめと、年を取ったら子供や孫と暮《く》らすつもりだそうだ。実に（　　　）らしい［　　　］だ。

4 （　　　）らしさというのは失敗を恐れないこと、つまり冒険《ぼうけん》心と勇気を持つことである。

5 どんな子でも、「大きくなったら何々になりたい」という（　　　）らしい［　　　］を持っているものだ。

6 私の理想の男性は、やさしくて（　　　）らしい［　　　］です。

7 その力士《りきし》（お相撲《すもう》さん）は、最近ますます（　　　）らしい落ち着きと［　　　］を感じさせるようになった。

8 お米を粗末《そまつ》にするとバチがあたるというのは、いかにも農耕民族である（　　　）らしい［　　　］だ。

9 うちの娘《むすめ》は「でっかいステーキが食いたい」だの「腹がへった」だの言って困る。もっと（　　　）らしい［　　　］をするように注意しているのだが。

10 この随筆《ずいひつ》から、著者のいかにも（　　　）らしい理性的、客観的な［　　　］がうかがわれる。

11 この大学には（　　　）らしい質素な［　　　］の学生が多い。

〔二〕「らしい」(2)

文の述部に接続して、命題内容の生起・真偽《しんぎ》に関する話し手の推論を述べるもの。同じような機能を持つナ形容詞「ようだ」に比べると、視聴覚的臨場感が薄《うす》く、話し手の感情移入が少ない場合に使われる。生起・真偽《しんぎ》に対する確信度も、「ようだ」ほど高くない。つまり、「らしい」は、「私（話し手）独自の推論である」という意味合いを持たせたくない状況《じょうきょう》で用いられることが多い。（例えば、特に話し手が推し量らなくても状況《じょうきょう》からその推論が自然に導かれるという場合(6)や、話し手がその推論について責任をとりたくないということの表明である場合(7)など。）また、判断の根拠《こんきょ》となる情報源がより間接的である。ナ形容詞文に接続する時は、語根あるいは過去形、否定形につく。（「暇《ひま》らしい」「暇《ひま》だったらしい」「暇《ひま》ではなかったらしい」等となる。）名詞には助動詞なしに直接接続するほか、「だった」「ではなかった」等、過去形、否定形にも接続する。（第四章〔五〕参照）

(1) 明日の会議には部長も出席なさるらしい。

(2) このごろ藤田さんをみかけないと思っていたら、どうも入院しているらしい。

(3) 「花子さんは最近とてもいきいきしていますね。」「近く結婚《けっこん》するらしいですよ。」

(4) 風邪《かぜ》がはやっているらしく、咳《せき》をしている人がずいぶん多いです。

(5) （こそこそ話している人について）「なんだか耳よりな話らしいね。」「さあどうでしょう。借金の話だってあり得ますよ。」

(6) 友達の話等からすると、どうもあの先生のコースはAをとるのが難しいらしい。

(7) 「ここは試験には出ないらしいよ。」
「本当。」

「うーん。あんまり確かじゃないけど……。」

〔三〕

「ようだ」

前述の例文は、「らしい」を「ようだ」と入れ替《か》えても文として成立する。ただしニュアンスとしては、ことがらとの心的距離の近さ、視聴覚的情報の存在が可能なことが多いこと、生起・真偽《しんぎ》の確信の高さ、などが前者と異なっている。名詞文に接続する時は、「N_1はN_2だ」→「N_1はN_2のようだ」に、ナ形容詞の現在形に接続する時は、「N_1はN_2Adjだ」→「N_1はAdjなようだ」となる。

(1) （外の雨の音に）おや、雨が降りはじめたようですね。

(2) （テレビの天気予報を見て）台風は日本をそれたようだ。

(3) （就職試験の結果を待っていて）一日待っていたんですが、電話がないから、だめなようです。

(4) （先生から生徒へ）ちゃんと返事をしなさい。分かっているような、分からないような、はっきりしない態度はいけません。

(5) 山田さんはこの計画に賛成しているようです。きのう話した時に、協力すると言っていましたから。

(6) 「もしもし、中山さんのお宅ですか。」「いいえ、違《ちが》います。何番にお掛《か》けですか。」「710―3695です。」「番号はうちと同じですが、うちは坂本です。」「失礼しました。私の記憶違《きおくちが》いだったようです。」

【注】文脈によっては、「推論」ではなく「比況《ひきょう》」の意味になることもある。

あの子は女の子のようです。

〔四〕「みたいだ」

「らしい」「ようだ」のどちらにもあてはまる口語的用法を持つナ形容詞。接続は「らしい」(2)に準ずる。現在形のナ形容詞に接続する時は語根に、現在形の名詞文に接続する時は「本みたい」のように、直接名詞に後接する。くだけた会話で使用されることが多い。

(1) クリスマスにあったかい手袋《てぶくろ》をプレゼントしようと思ったけど、もう持ってるみたい。

(2) 「かばんをどこかに忘れてきちゃったんだけど、君知らない?」「さぁ……ここじゃないみたいだよ。」

(3) (送られて来た小包みを手に)「中身は何だろう。」「重いから本みたいだね。」

【注】「ようだ」と同じく、「Nみたい」は比況《ひきょう》の意味になる。

(1) その事件はもう一年前の出来事なのに、まるで昨日のことみたいによく覚えています。

(2) あんな人の言ったことを信じるなんて、ばかみたいだよ。

練習問題〔二〕〔三〕〔四〕

〔　〕のような条件では、（　）の中に「らしい」「(の／な)ようだ」のどちらを入れますか。

1　〔テレビを見ていて〕飛行機事故の行方《ゆくえ》不明者は絶望（　）よ。かわいそうだねえ。
2　〔スタートしない車を調べた後で〕バッテリーが弱い（　）です。
3　〔次の日の日程を問い合わせた後で〕朝七時に出発すれば午後一時には目的地に到着《とうちゃく》できる（　）です。係の人がそう言っていました。
4　〔相手の顔色を見て〕気分が悪い（　）けど、少し休んだらどう?
5　〔噂《うわさ》話を聞いて〕鈴木投手は今年限りで現役を引退する（　）ね。
6　〔医者に向かって母親が〕先生、どうもこの子は肺炎《はいえん》になりかけている（　）んです。
7　〔朝出勤した様子を見て〕君、ゆうべはだいぶ遅《おそ》くまで飲んでいた（　）ね。
8　〔新しいコーチについてチーム内で〕今度のコーチは厳しい人（　）よ。大学時代は「鬼《おに》の斎藤」と言われていたそうだから。

〔五〕「そうだ」

文の述部に接続して、命題内容の生起・真偽《しんぎ》あるいはことがらの属性・状態に関する話し手の観察を述べるナ形容詞。次のような意味機能を持つ。

a　現場・状況《じょうきょう》を直接観察していることが多い。したがって、視聴覚的臨場感が高い。
b　問題となる動作・状態は起こりはじめているか、ごく近い将来に起こることが予想されるものに限る。したがって、名詞に接続することはない。

c　自己の判断に対する確信度が高い。

動詞の連用形、イ・ナ形容詞の語根に接続する。ただし、「ない」、「良い」の場合は、「なさそうだ」、「良さそうだ」になる。共起《きょうき》する副詞は、「いかにも」「さも」「いまにも」「何だか」等。

【注】いわゆる「伝聞」の「そうだ」は形式名詞とみなすため、ここでは触《ふ》れない。

(1)　そのセーターはアンゴラですか。暖かそうですね。
(2)　(空を見上げて) いまにも降ってきそうな空模様ですよ。
(3)　(市場で) ここは鮮魚《せんぎょ》類が安くて新鮮《しんせん》そうですね。
(4)　太郎君は、食事が運ばれて来ると、さもおいしそうに食べはじめました。
(5)　高い本だったけれども、おもしろそうな題だったのでつい買ってしまった。
(6)　長井さんはこのごろ暇《ひま》そうだから、マージャンに誘《さそ》ったら喜んでやってくると思います。
(7)　ポチは見るからにかしこそうな犬だ。
(8)　子供達は不思議そうに手品師の帽子《ぼうし》を見つめた。
(9)　この寒いのに、彼《かれ》はTシャツとジーンズで少しも寒そうじゃない。
(10)　国連の調停にもかかわらず、その戦争は終結しそうにない。
(11)　この本は漢字が多く、初級の学生にはあまりやさしくなさそうだ。
(12)　大分気分がよくなった。明日は出かけられそうだ。
(13)　話では上手《じょうず》そうなことを言っていたが、フォームを見たところでは、彼《かれ》のテニスの腕《うで》は大したことはなさそうだ。

推論を表す「よう」と「そう」の違《ちが》いについて。

1　既《すで》に述べたように、「そう」は名詞には接続できない。「よう」は動詞・形容詞・名詞のすべてに接続が可能。

(1)　彼《かれ》は具合が悪そうだ。せきもしている。風邪《かぜ》のようだ。

(2)　あの毛皮は暖かそうですね。ミンクのようです。

2　「よう」は過去や既《すで》に体験していることについても言及《げんきゅう》できるが、「そう」は原則として、動作性述語と共に用いた場合は近い将来、状態性述語と共に用いた場合は現在にしか言及《げんきゅう》できない。

(1)　朝から頭が痛くて、せきも出る。風邪《かぜ》をひいたようだ。

(2)　こんな寒い日に出かけたら、風邪《かぜ》をひきそうだ。

(3)　（インド人がカレーにたくさんスパイスを入れるのを見て）「からそうですね。」（からさについて未経験）

(4)　「このカレー、ちょっと食べてみて下さい。」
「うーん、子供が食べるには少しからいようですね。」（からさについて既《すで》に体験ずみ）

3　「そう」はある特定の場合について言及《げんきゅう》し、「よう」は一般的《いっぱんてき》傾向について言及《げんきゅう》することができる。

(1)　このような気象状態ですので、あすは大雪になりそうです。

(2) このような気象の状態では、よく大雪になるようです。

練習問題〔三〕〔五〕

次の文の（　）の中に、「よう」「そう」のいずれかを、活用形を調整して入れなさい。

1 水たまりができています。夜の間に雨が（降る　　）です。

2 空がくもって、いまにも雨が（降る　　）でした。

3 〔韓国《かんこく》人が唐《とう》がらしをたくさん入れてキムチを作るのを見て〕（からい　　）ですね。

4 〔キムチを食べてみて〕うーん、私には少し（からい　　）です。

5 この靴《くつ》は（歩きやすい　　）ですね。サイズも、私にはちょうど（良い　　）です。

6 〔靴《くつ》を試しにはいた後で〕とても歩きやすいです。サイズもこれでちょうど（良い　　）です。

7 パーティーで双子《ふたご》と友達になった。二人がよく似ているので（まちがえる　　）だ。

8 双子《ふたご》のお兄さんの方と話したつもりでいたが、どうも（まちがえる　　）だ。

〔六〕「かもしれない」

文の述部に接続して命題内容に対する話し手の推量を表すイ形容詞。「らしい」「ようだ」「そうだ」「みたいだ」が、確信度という点でポジティブな推論を表したのに対し、「かもしれない」は中立的であり、プラス・マイナスのどちらにも偏《かたよ》っていない、いわば純粋《じゅんすい》な推論を表している。動詞・形容詞の現在・過去・否定形、ナ形容詞の語根、過去・否定形、名詞に直接接続する。

(1)「この宝くじ、当たるだろうか。」「さぁ、当たるかもしれないし、当たらないかもしれない。」

(2) もう二度と会えないかもしれないと思うと、悲しくてしかたがなかった。

(3) 急いで行けば、終電に間に合うかもしれませんよ。

(4) 二十一世紀までには人間は地球以外の所にも住むようになっているかもしれない。夢《ゆめ》のような話だが。

(5)（玄関《げんかん》のチャイムを聞いて）「誰《だれ》だろう、こんな遅《おそ》く……。」「泥棒《どろぼう》かもしれないから、気を付けたほうがいいよ。」

〔七〕「にちがいない」

文の述部に接続して、命題内容の生起・真偽《しんぎ》、ことがらの属性・状態に関する話し手の確信を表すイ形容詞。可能性に対してポジティブな推論を加えるというよりも、推論の結果について強く話し手の信念を言い表す点で、「らしい」「ようだ」「そうだ」「みたい」とは用法を異《こと》にする。接続形式は、「かもしれない」と同じである。共起《きょうき》する副詞は「きっと」「確かに」「絶対に」等。

(1) 一年かかって準備したのだから、今度こそ希望の大学に入れるにちがいない。

(2) こんな無理な計画を立てるなんて、山田さんの仕業《しわざ》にちがいない。今度会ったら抗議《こうぎ》しなくっちゃ。

(3) 中村さんは慎重《しんちょう》な人だから、今後の見通しについてもしっかり考えているにちがいありません。

(4) 「この民芸品は、材料も吟味《ぎんみ》されているし、細工《さいく》もていねいだし、すばらしいね。」「値段もきっと高かったにちがいないよ。」

練習問題〔三〕〔五〕〔六〕〔七〕

次の文と、文a、b、cが内容的に矛盾《むじゅん》がなければ○、矛盾《むじゅん》していれば×を（　）の中に入れなさい。

1 筆跡《ひっせき》から見て、この手紙は晴夫《はるお》君が書いたものにちがいない。

（　）a 話し手はこの手紙を晴夫《はるお》君が書いたと信じている。

（　）b 話し手はこの手紙を晴夫《はるお》君が書いたと思っていない。

（　）c 晴夫《はるお》君がこの手紙を書いたことを話し手は筆跡《ひっせき》から判断した。

2 花子の目からいまにも涙《なみだ》があふれ出そうだった。

（　）a 花子の目から涙《なみだ》がまだあふれ出ていない。

（　）b 花子の目から涙《なみだ》があふれ出るところだ。

（　）c 花子の目から涙《なみだ》がもうあふれ出ている。

3 来年は彼女《かのじょ》と会う機会が多くなるにちがいない。

（　）a 話し手は来年彼女《かのじょ》ともっと多く会う機会がほしいと思っている。

（　）b 話し手は来年彼女《かのじょ》ともっと多く会うことになると思っている。

（　）c 話し手は彼女《かのじょ》とあまり多く会いたくないと思っている。

4 おや、こんなところに財布《さいふ》が落ちている。落とし主が連絡《れんらく》しているかもしれないから、警察に届けよう。

（　）a　財布《さいふ》の落とし主が警察に連絡《れんらく》しているかどうか話し手は知らない。

（　）b　財布《さいふ》の落とし主が警察に連絡《れんらく》しているかどうか話し手は知っている。

（　）c　財布《さいふ》の落とし主が警察に連絡《れんらく》しているかどうか話し手は知りたい。

5　十時の新幹線に乗りたいのだが、今十時五分前だ。定時に出発するにちがいないから、それに乗るのはあきらめよう。

（　）a　新幹線が定時に出発することに話し手は失望している。

（　）b　新幹線が定時に出発することを話し手は予想している。

（　）c　新幹線が定時に出発することを話し手は予想していない。

6　こちらの靴《くつ》の方《ほう》がはき心地が良さそうだから、こちらを試してみます。

（　）a　試そうとしている靴《くつ》ははき心地が良く見える。

（　）b　試そうとしている靴《くつ》ははき心地が良くなっている。

（　）c　試そうとしている靴《くつ》ははき心地が良くないらしい。

7　木村さんはどうも元気がないようだが、私の思い違《ちが》いかもしれない。

（　）a　木村さんが元気がないというのはまちがいない。

（　）b　木村さんが元気がないというのは正しい。

（　）c　木村さんが元気がないというのは本当か本当でないか分からない。

第九章　形容詞と格関係

述語表現を形成するために形容詞と義務的に共起《きょうき》する格助詞の数は、一つの場合と、二つの場合がある。それぞれ、一価形容詞、二価形容詞と呼ぶことができる。ただし、多くの形容詞が二つ以上の用法を持つため、それぞれによって形容詞を分類するものではない。基本的な組み合せは次のようなものである。

〔一〕格助詞「が」を伴《ともな》う表現

1　話し手の判断によって、現象・状況を表す表現

(1) 空が青い。

(2) 東の風が強い。

(3) 波が静かだ。

(4) 道が真《ま》っ直《す》ぐだ。

(5) 部屋《へや》の中が湿《しめ》っぽい。

(6) 株価の変動が激《はげ》しい。

2　感情・感覚を表す表現

感情主・感覚主は常に一人称。

(1) 故郷が懐《なつ》かしい。
(2) 別れたあの人が恋《こい》しい。
(3) 体がだるい。
(4) 蚊《か》に刺《さ》されたあとがかゆい。
(5) 来週の土曜日が待ち遠しい。
(6) 花子さんの態度が好きだ。
(7) このままでは先行きが心配だ。
(8) 釣《つ》った魚のヌルヌルした感触《かんしょく》がきらいだ。

3 **願望を表す表現**

願望主は一人称。

(1) お金と時間がもっと欲しい。
(2) コーヒーが飲みたい。

4 **比較《ひかく》を表す表現**

(1) (きのうも暑かったが) 今日の方《ほう》がもっと暑い。
(2) あの三人の中では、田中君が一番熱心だ。

5 **慣用的な表現** (身体部位に関するものは付録(1)参照)

(1) 責任が重い　　一人で契約《けいやく》を結ぶのは責任が重いですね。
(2) 公算が大きい　　交渉《こうしょう》は不成功に終わる公算が大きい。

(3)　利用価値が高い／低い
(4)　線が細い
(5)　きまりが悪い
(6)　影が薄《うす》い
(7)　気味が悪い
(8)　非のうちどころがない
(9)　幸先《さいさき》がいい
(10)　きりがない
(11)　気前がいい
(12)　気位《きぐらい》が高い
(13)　しつけが厳しい
(14)　趣味《しゅみ》がいい／悪い
(15)　調子がいい／悪い
(16)　かっこがいい／悪い
(17)　気持ちがいい／悪い
(18)　気分がいい／悪い
(19)　日当りがいい／悪い
(20)　血のめぐりがいい／悪い
(21)　人がいい／悪い
(22)　意地が悪い

このパソコンは利用価値が高いと思います。
西山君は神経質で線が細いねえ。
レジで財布《さいふ》がないことに気がついてきまりが悪かった。
あんなに活躍《かつやく》した人なのに、この頃《ごろ》影《かげ》が薄《うす》いですね。
荒《あ》れ果《は》てたお寺に入るのは気味が悪いです。
この作品は非のうちどころがないくらい立派です。
出発の日にいい天気になって、幸先《さいさき》がいいですねえ。
話し合っていてもきりがない。投票で決めよう。
グループ全員におごってくれるなんて彼《かれ》は気前がいい。
春子さんは気位《きぐらい》が高くてつきあいにくい。
女子だけの学校は一般《いっぱん》にしつけが厳しい。
この部屋《へや》のインテリアは趣味《しゅみ》がいいですね。
岡田選手は調子が悪くて新記録が出ませんでした。
太郎君はラフな服装をするとかっこがいい。
スポーツの後のシャワーはとても気持ちがいいねえ。
気分が悪かったら、お休みになってください。
この家は南向きで、大変日当りがいいんです。
私は血のめぐりが悪いから、丁寧《ていねい》に説明してください。
突然《とつぜん》お見合いをさせるなんて、あなたも人が悪い。
上司が意地が悪い人だと、部下が苦労する。

(23) きめが細かい
佐藤君の接待ぶりはなかなかきめが細かくて結構だ。

(24) 屈託《くったく》がない
部長はエリートだけに万事に屈託《くったく》がない。

(25) 抜《ぬ》け目がない
ゴルフをしながら仕事をまとめて来るとは抜《ぬ》け目がない。

〔二〕 格助詞「を」を伴《ともな》う表現

1 好悪《こうお》・欲求を表す形容詞は、その対象を「を」でマークすることもある

(1) 色々の人の意見を聞きたい。
(2) 冷たい水を一杯《いっぱい》欲しい。
(3) 僕《ぼく》は彼《かれ》のやり方をあまり好きじゃない。

〔三〕 係助詞「は」と格助詞「が」を伴《ともな》う表現

1 「xはyが＋形容詞」の構文において、意味的なカテゴリーとしてyがxの部分集合の関係にある場合

(1) 富士山は裾野《すその》が広い。
(2) 東京は二十三区が特に人口が多い。
(3) 世界情勢は中東が特に危険だ。
(4) 山田さんはすることが保守的だ。
(5) この部屋《へや》は天井《てんじょう》が高い。
(6) 参加《さんか》選手は中国人が多かった。

2　「xは」の部分が、y以下の文の主題となっている場合（前項との差は段階的）

(1)　今週は試験が多いんです。
(2)　僕《ぼく》は犬が怖《こわ》い。
(3)　スキー場は雪が足りない。
(4)　今年の夏は気温が高かった。
(5)　山本さんはテニスがとても上手《じょうず》だ。

3　xとyが所有者・所有物の関係にある場合

(1)　花子さんは髪《かみ》の毛が長い。
(2)　新入生は皆《みな》制服が真新しい。
(3)　隣《となり》の家は犬がやかましい。
(4)　田中さんは家が立派だ。
(5)　春子さんは目が魅力《みりょく》的だ。

4　xとyが補語・述語の関係にある場合

(1)　その目標は達成が困難だ。（↑　目的を達成する。）
(2)　柔道《じゅうどう》の勝負は判定が難しそうだ。（↑　勝負を判定する。）
(3)　タバコはあまり吸わない方がいい。（↑　タバコを吸わない。）
(4)　契約《けいやく》は事前に取り交わすのが望ましい。（↑　契約《けいやく》を取り交わす。）
(5)　悪天候のため、救出作業は進みが遅《おそ》い。（↑　救出作業が進む。）

〔四〕 格助詞「が」（あるいは「は」）と格助詞「に」を伴《ともな》う表現

1 存在を表す表現

(1) 不《ふ》眠《みん》症は真面目《まじめ》な人に多い。
(2) この病気は日本には稀《まれ》だ。
(3) 私の家は高速道路のインターにとても近い。

2 態度の対象を表す表現

(1) 一般《いっぱん》に父親は娘《むすめ》に甘《あま》い。
(2) 町の人は留学生に親切だ。
(3) 教頭先生は礼儀《れいぎ》にうるさい。
(4) あの政治家は行政改革に積極的だ。
(5) 鈴木先生はクラブ活動に熱心だ。

3 感情の対象を示す表現

(1) 私共は今度の事故の犠牲者《ぎせいしゃ》に申し訳ない。
(2) そんなたちの悪い冗談《じょうだん》はあの人に悪い。
(3) 費用を全部負担させるのは課長に気の毒だ。

4 判断の対象基準を示す表現

(1) 夜ふかしは健康に悪い。

(2) 太郎は数学に強い。
(3) 今は無風状態に近い。
(4) 三角形の内角の和は一八〇度に等しい。
(5) 私のアパートは通勤に便利だ。
(6) 飲み過ぎは体に毒だ。
(7) 田中さんは着る物に無頓着《むとんちゃく》だ。
(8) 白いバラは花嫁《はなよめ》にふさわしい。

5　原因を表す表現

「で格」でも良い。

(1) 部長は海外出張の準備に忙《いそが》しい。
(2) 社員達は電話の応答におおわらわだ。

〔五〕　格助詞「に」と格助詞「が」を伴《ともな》う表現

1　「に」が与格主語の場合

(1) 山田さんにはお子さんが多い。
(2) 私には彼《かれ》の忠告が嬉《うれ》しかった。
(3) 僕《ぼく》にはその点が不可解だ。

2 「が」―「に」文型が倒置《とうち》された場合

(1) 風邪《かぜ》にはビタミンCが良い。
(2) 彼《かれ》にはこの位のプレゼントが適当だ。
(3) 山田教授には秘書が絶対必要です。

〔六〕格助詞「と」を伴《ともな》う表現

1 対人関係の対象を表す表現

(1) 木村さんは隣《となり》の山田さんととても親しい。
(2) ちょっとした誤解から同僚《どうりょう》と気まずくなってしまった。
(3) 太郎ちゃんは次郎ちゃんと仲良しだ。
(4) 取り引きの相手と必要以上に親密だと、周囲から疑われやすい。
(5) このごろ中村さんは仲間と疎遠《そえん》だ。

2 比較《ひかく》の表現

(1) 彼《かれ》がやっている事は言っていることと反対です。
(2) 契約《けいやく》の内容は前回のものと同一です。
(3) 私の部屋《へや》番号は内線番号と共通です。

練習問題〔一〕〔二〕〔三〕〔四〕〔五〕〔六〕

一（　）の中に「が」、「を」、「に」、「と」のどれかを入れなさい。

1　斎藤《さいとう》さんは経済情報（　　）詳《くわ》しいそうです。
2　今度買った辞書は今までのものよりも字（　　）大きい。
3　今日は天気（　　）いいせいか、行楽客が多い。
4　メリーさんはまつ毛（　　）長くて、カールしています。
5　タバコの吸い過ぎは健康（　　）良くないですよ。
6　この椅子《いす》はなかなか座りごごち（　　）いいですね。
7　山田さんは料理（　　）上手《じょうず》です。
8　駅の周りはにぎやかだけれども、この辺はまだ畑（　　）多いです。
9　一郎君がこの頃《ごろ》秋子さん（　　）親しくなったというのは本当ですか。
10　のどが乾《かわ》いた。冷たい水（　　）一杯《いっぱい》飲みたいですね。
11　僕《ぼく》（　　）はあの人の態度（　　）憎《にく》らしい。
12　一日三時間の睡眠《すいみん》で仕事を続けるのは、自殺行為《こうい》（　　）等しい。
13　その小説は最後（　　）悲劇《ひげき》的です。
14　うちの課長は女子社員（　　）は親切ですが、男子社員（　　）はけっこう厳しいです。
15　暗い部屋《へや》から出て来たので、太陽の光（　　）まぶしいです。
16　年をとると新しい試み（　　）消極的になると言われる。
17　天ぷら（　　）は一八〇度ぐらいの温度（　　）適当です。
18　お腹《なか》がすいているせいか、御飯（　　）おいしい。
19　旅行（　　）は軽いバッグ（　　）便利ですね。
20　和子さんはいい人なんだけれども、時間（　　）ルーズなんですよ。

21 古い町は道（　　）狭《せま》いことが多い。
22 石井議員は今回の汚職《おしょく》事件（　　）は無縁《むえん》だそうです。
23 参列者達は、正式な場（　　）ふさわしく正装《せいそう》していました。
24 写真を見ると、子供の頃《ころ》（　　）懐《なつ》かしくなります。
25 佐藤さんは金もうけ（　　）はほど遠いボランティア活動（　　）熱心です。

二 次の形容詞の中から適当なものを選び、活用形を調整して（　　）に入れなさい。

いい	忙《いそが》しい	厳しい	にくらしい	等しい	しどろもどろな	親密な
積極的な	得意な	慣れっこな	ぴったりな	敏感《びんかん》な	欲しい	申し訳ない
弱い						

1 今日は寒さが（　　）なりそうですね。
2 野球・テニス・ゴルフでは、テニスが一番（　　）です。
3 清水さんはアレルギー体質で、いろいろな物に（　　）です。
4 そんないやな事を言う人が（　　）です。
5 このネクタイはあなたのボーイフレンドに（　　）よ。
6 一メートルは百センチに（　　）。
7 松本さんは引越《ひっこ》しの準備で（　　）ようです。

8　大臣は記者団の鋭《するど》い質問に（　　　　　）でした。
9　住民の反対にもかかわらず、市長は工場の誘致《ゆうち》に（　　　　　）でした。
10　東京に住んでいると、騒音《そうおん》に（　　　　　）なってしまいますね。
11　花子さんがこの頃《ごろ》次郎さんと（　　　　　）ので、秋子さんは心配しています。
12　泊《と》めていただいたり、案内していただいたりしては、佐藤さんに（　　　　　）んです。
13　僕《ぼく》は経済に（　　　　　）ので、財テクは駄目《だめ》です。
14　佐藤さんは人が（　　　　　）ので、いつも仕事をたくさん引き受けてしまいます。
15　日本の新聞を読むために、いい辞書が（　　　　　）んです。

第一〇章　形容詞による待遇《たいぐう》表現

〔一〕　待遇《たいぐう》の体系

形容詞については、次のような待遇《たいぐう》の体系があると考えられる。

文体のスケール

待《たい》遇《ぐう》のスケール

	非敬体		敬体	
尊敬表現	(忙《いそが》し)くていらっしゃる	(元気)でいらっしゃる	(忙《いそが》し)くていらっしゃいます	(元気)でいらっしゃいます
中立表現	(忙《いそが》し)い	(元気)だ	(忙《いそが》し)いです (忙《いそが》しゅう)ございます	(元気)です (元気)でございます
謙譲《けんじょう》表現	―	―	(忙《いそが》しゅう)ございます	(元気)でございます

〔二〕　尊敬表現

「イ形容詞＋ていらっしゃる」、「ナ形容詞＋でいらっしゃる」の二つがある。

1 イ形容詞＋ていらっしゃる

(1) 社長さんは今お忙《いそが》しくていらっしゃいますか。

(2) あの方《かた》の看護ぶりは、なかなかかいがいしくていらっしゃいました。

(3) おたくのお子さんはとても賢《かしこ》くていらっしゃいますね。

(4) 今井さん御夫妻は仲むつまじくていらっしゃいます。

2 ナ形容詞＋でいらっしゃる

(1) 佐藤先生は新しい御研究に意欲的でいらっしゃいます。

(2) 高橋さんのお父さんは御高齢《こうれい》なのにおじょうぶでいらっしゃいますね。

(3) おひさしぶりです。お元気でいらっしゃいますか。

(4) 校長先生はいつも穏《おだ》やかでいらっしゃいます。

〔三〕 丁寧《ていねい》表現

1 イ形容詞

感情・感覚形容詞、および自分とその周囲のことについて言及《げんきゅう》する場合は謙譲《けんじょう》表現となる。

次の三種類の語形があるが使用の頻度《ひんど》は少ない。

(1) ai／oi で終わるものは、oo gozaimasu となる。

akai → akoo gozaimasu.（赤《あこ》うございます。）

tsuyoi → tsuyoo gozaimasu.（強うございます。）

(2) ii で終わるものは、yuu gozaimasu となる。

utsukushii → utsukusyuu gozaimasu.（美しゅうございます。）

(3) ui で終わるものは、uu gozaimasu となる。

atsui → atsuu gozaimashita.（熱うございます）

【注】 過去を表す時、「赤いでした」あるいは「赤かったです」の双方《そうほう》とも「赤《あこ》うございました」となる。

2 ナ形容詞

感情・感覚を表すもの、および自分とその周囲のことについて言及《げんきゅう》する場合は、謙譲《けんじょう》表現となる。「語幹＋でございます」という形にする。

(1) 円満でございます。
(2) おごそかでございます。
(3) 簡単でございます。
(4) でたらめでございます。
(5) 不愉快《ふゆかい》でございます。

〔四〕 あいさつ表現

丁寧《ていねい》表現の形をとっているが、丁寧《ていねい》表現としてではなく、あいさつ表現として定着しているものもある。

(1) 有難《ありがと》うございます。
(2) お暑うございます。

(3) お寒うございます。
(4) お早うございます。
(5) おめでとうございます。

練習問題〔二〕〔三〕

一 次の文を尊敬表現に変えなさい。

1 山田さんのお子さんは可愛《かわい》いです。
（　　　）
2 河合《かわい》さんのお嬢《じょう》さんはしとやかです。
（　　　）
3 おたくの会社の課長さんは粘《ねば》り強いですね。
（　　　）
4 お隣《とな》りのおじいさんは本当にまめです。
（　　　）
5 鈴木さんはカー・レーサーなのに、大変慎重《しんちょう》です。
（　　　）
6 先生はもう還暦《かんれき》を過ぎて久しいのに、わかわかしいです。
（　　　）

7 中村さんはとても聞き上手《じょうず》です。

（　　　　　　　　）

8 寺元博士は非常に思慮《しりょ》深いです。

（　　　　　　　　）

9 あの方は自治会の仕事に熱心です。

（　　　　　　　　）

10 阿部さんは私達の運動に協力的です。

（　　　　　　　　）

二 次の文を丁寧《ていねい》（謙譲《けんじょう》）表現に変えなさい。

1 昨日いただいたお手紙はなかなか達筆でした。

（　　　　　　　　）

2 戸締《とじ》まりは完全ですか。

（　　　　　　　　）

3 この品物は昨日仕入れたばかりで、新しいです。

（　　　　　　　　）

4 東京は物価が高いですね。

（　　　　　　　　）

5 あの方のご意見は正しいです。

（　　　　　　　　）

6 これは私が作ったものですが、不出来で恥《は》ずかしいです。（　　）

7 秋に桜《さくら》が咲《さ》くなんて、めずらしいですね。（　　）

8 この町は住みよいですよ。（　　）

9 このスケジュールは大変きついです。（　　）

10 この小説はおもしろかったです。（　　）

11 久しぶりに友達と会って、懐《なつ》かしかったです。（　　）

12 荷物は思ったより軽かったです。（　　）

13 演奏は完璧《かんぺき》でした。（　　）

14 磯部《いそべ》さんの話し方はかなりキザですね。（　　）

15 私にはこの問題は難しいです。（　　）

第二章　形容詞の意味(1)——類義語

形容詞は、話し手の判断や感情を表す役目を持っている。そのため、ある物や事を話し手がどう分析《ぶんせき》するかによって、用いられる形容詞も変わってくる。ここでは数多い形容詞のうち、互《たが》いに似ていながらそれぞれ異なった意味を持つ言葉（類義語）のうちで、特に紛《まぎ》らわしいものを集めてみた。それぞれの形容詞が、どんな時に、どう用いられるのかを対比して示してある。

形容詞は対象や状況《じょうきょう》に応じて使い分けられているが、これは見方を変えれば、話し手の判断の基準が形容詞によって与えられているということもできる。そこで、形容詞の使い方を知ることは、同時に日本人の判断基準を知ることにもつながっているのである。

【注】　各々の形容詞に対して、可能な限り反意語（反対の意味を表す言葉）が示してある。形容詞のもつ意味範囲《はんい》すべてに対しての反意語である場合は、形容詞の後に（反意語）として示した。いっぽう、それぞれの意味に限定される場合は、各番号の後ろに示してある。反意語の例文は示していないが、基本的には、該当項目《がいとうこうもく》の例文の形容詞をその反意語で置き換《か》えることが可能である。なお、反意語が特定しがたい場合は明記していない。

〔一〕　空間的量の大小を表す形容詞

空間的量の大小を表す形容詞はたくさんあるが、その各々が微妙《びみょう》に使い分けられている。代表的なものを選んで、各々の形容詞が主体に何をとりうるのかを表にしてみた。同一の形容詞でも、用いられ方によって評価の異なるときは、区別して扱《あつか》った。

空間的量を表す形容詞の属性の主体

	三次元	二次元	一次元	人	動物	物	抽象《ちゅうしょう》的	評価
大きい	○	○	(○)	○	○	○	○	+(−)
大きな	○	○		○	○	○	○	+(−)
巨大な	○	(○)			○	○	○	
膨大《ぼうだい》な							○	
あらい	○	○				○	○	−
広い	○	○	○			○	○	+
広大な	○	○				○(土地)		+
太い		○	○	○	○	○	○ ○	−
かぼそい		○		○			○	−
厚い			○			○	○	+
長い			○			○	○	
ながたらしい							○	−

高い				○			○	
								○	+−
小高い				○			○（土地）		
うずたかい				○			○		
深い				○			○	○（程度）	
								○	+
遠い				○			○（場所）	○	
遙《はる》かな				○			○（場所）		

【注】「評価」の欄《らん》に「＋ −」とあるのは、話し手の判断がプラス評価を表す場合とマイナス評価を表す場合のあることを示している。またこの欄《らん》が空いているものは、特別の評価を含《ふく》まないことを示している。一般に形容詞が主体の属性を具体的に表している場合には、「＋」「−」の評価が加わることは少ないが、形容詞が抽《ちゅう》象《しょう》的に用いられた場合には、話し手の評価が加わることが多いようである。

A-0　おおきい〔大きい〕（反意語「小さい」）

体積・面積・高さ・数・程度・規模などが標準や比較《ひかく》の対象より上回る。

1　物の形・体積・面積などが場所をとる

他の形容詞と比べて、最も一般《いっぱん》的に用いられ、使用範囲《はんい》も広い。

a　形／体積

(1)　もっと大きい箱《はこ》が必要だ。

(2)　風船を大きくふくらます。

b 面積（同義語「広い」）

(1) この公園は大きいですね。

(2) もっと大きい運動場がほしい。

c 高さ（同義語「高い」）

(1) あの大きい木は栗《くり》の木です。（「高い」と同義）

(2) 家族の中で、兄が一番大きい。（「背が高い」と同義）

【注】厚さ・長さ・太さを表すときは、普通《ふつう》は他の形容詞「厚い」「長い」「太い」を用いる。

2 程度や規模が上である

(1) 大きい声で話す。

(2) 台風による被害《ひがい》は大きかった。

3 年齢《ねんれい》が上である、大人である

(1) 私は妹より五歳《さい》大きい。

(2) 大きくなったら、パイロットになりたい。

A-1 おおきな〔大きな〕（反意語「小さな」）

連体形しか持たない。

1 「大きい1、2」と同じ

(1) 大きな手袋《てぶくろ》だなあ。誰《だれ》のだろう。

(2)　夜中に大きな音がした。
(3)　あの会社は木材の輸入で大きな利益をあげた。

2　価値のある（プラス評価）
使用範囲《はんい》の制限あり——事・仕事・夢《ゆめ》など。
(1)　もっと大きな事を考えなさい。
(2)　大きな仕事がしたい。

A-2　きょだいな〔巨大な〕

1　（人間などと比較《ひかく》して）ずっと大きい（反意語「微小《びしょう》な」）
(1)　巨大《きょだい》なタンカーが入港した。
(2)　スフィンクスに近付いてみると、あまりに巨大《きょだい》だったのでびっくりした。

A-3　ぼうだいな〔膨大な〕

1　（抽象《ちゅうしょう》的なものに用いて）規模が非常に大きい
(1)　宇宙開発には膨大《ぼうだい》な予算が必要だ。

A-4　あらい

1・2は「粗《あら》い」、3・4は「荒《あら》い」と書かれることが多い。

1　数多くある粒《つぶ》の一つ一つが大きい（反意語「細かい」）
(1)　たまねぎはそんなにあらく切らないで、もっと細かく刻みなさい。

(2) あらい砂と細かい砂。

2 網《あみ》などの目が小さくない（反意語「細かい」）
(1) 魚をすくったが、網《あみ》の目があらかったので逃《に》げてしまった。
(2) このセーターは編目があらいからあまり暖かくない。

3 勢いが激《はげ》しく、揺《ゆ》れの大きい状態である（反意語「静かな」「穏《おだ》やかな」）
(1) 今日は台風の影響《えいきょう》で波が荒《あら》い。
(2) 走ってきたのだろう。荒《あら》い息をしている。

4 （人や態度について）性質や態度が乱暴だ（マイナス評価）（反意語「おとなしい」「穏《おだ》やかな」）
(1) あの人は言葉使いが荒《あら》いので、意地悪そうに見える。
(2) そんなに荒《あら》く扱《あつか》わないでください。こわれてしまいますよ。

B-0 ひろい〔広い〕（反意語「狭《せま》い」）

1 面積や、はばが大きい
(1) 広い野原を思いっきり走りまわりたい。
(2) 狭《せま》い道が広くなった。

2 抽象《ちゅうしょう》的な意味で（プラス評価）
使用範囲《はんい》の制限あり――心、了見《りょうけん》、度量、知識、見識、顔、肩身《かたみ》、視野、など。
(1) あの人は広い心を持っている。

(2)　もっと広い知識を持つ必要がある。

B-1　こうだいな〔広大な〕

1　(野原や砂漠《さばく》など)土地が非常に広い

(1)　サハラ砂漠《さばく》は広大な砂漠《さばく》だ。

(2)　王様は広大な土地を持っていました。

C-0　ふとい〔太い〕

1　長いもののまわりや幅《はば》が大きい(反意語「細《ほそ》い」)

(1)　あの木は太くて、木のまわりが五メートルもある。

(2)　地図上の太い線は国境を表しています。

【注】人や動物のからだ全体について話す場合には、「太い」は使わない。名詞を修飾《しゅうしょく》するときには「太った／太っている」が使われ、述語となるときは「太っている」が用いられる。

(1)　太った／太っている人

(2)　あの人は太っている。

ただし、反意語の「細《ほそ》い」は、人や動物にも使うことが出来る。また「太った」の反意語「やせた／やせている」も、人や動物について用いられるが、こちらはマイナス評価を表している。

2　声が低くて大きい(反意語「かぼそい」「弱々しい」)

(1)　彼《かれ》は太い声をしている。

3　周囲に対して遠慮《えんりょ》がない、ずうずうしい

人に関して、批判的に用いる。（マイナス評価）

(1) 太い奴《やつ》だ。

(2) 太い了見《りょうけん》だ。

C-1 かぼそい

1 細《ほそ》くて弱々しい（マイナス評価）

(1) かぼそい体をした女の人

(2) かぼそい声で話す。

D-0 あつい〔厚い〕

1 紙・布・板など平面状の物が他の一方向に持つ大きさが大きい（反意語「薄《うす》い」）

(1) このガラスは厚いので、割れにくい。

(2) 冬には厚いコートを着る。

2 心が暖かくて、親切な様子（プラス評価）

述語としては用いられない。

(1) 被害《ひがい》を受けた人々に対して厚い同情が寄せられた。（＝暖かい）

(2) 訪ねてきた友人を厚くもてなす。（＝暖かく）

(3) 厚く心からお礼申し上げます。（手紙などの慣用表現）

E-0 ながい〔長い〕（反意語「短い」）

1 ひとつながりのものの端《はし》から端《はし》までの距離《きょり》が離《はな》れている

(1) 長い鉄橋を渡《わた》った。

(2) キリンの首は長い。

2 時間がたくさんかかる

(1) 長くかかった仕事がやっと終わった。

(2) ずいぶん長い御旅行でしたね。

E-1 ながったらしい〔長ったらしい〕

話し言葉で用いられる。

1 長すぎてよくない（マイナス評価）

(1) ながったらしい演説に、皆《みな》、眠《ねむ》くなってしまった。

(2) 手紙をそんなにながったらしく書いたら、誰《だれ》も読まないよ。

F-0 たかい〔高い〕

1 下から上までの距離《きょり》が離《はな》れている（反意語「低い」）

(1) 水は高い方から低い方へ流れる。

(2) エベレストは世界で一番高い。

【注】身長に関しては、普通《ふつう》は「背が高い」という表現を用いる。

2 身分・能力がすぐれている（プラス評価）（反意語「低い」）

(1) 身分の高い人には敬意を表さなくてはならない。

(2) あの大学はレベルが高いそうだ。

3 程度が上である（反意語「低い」）

(1) ラジオの音が高いので、もう少し低くしてください。

(2) 昨日は熱が高くて、一日じゅう寝《ね》ていました。

4 お金がたくさん必要だ（反意語「安い」）

(1) 日本の物価は高くて困ります。

(2) 車が欲しいが、高いので買えない。

(3) あの会社は給料が高いのでみんな行きたがる。

F-1 こだかい〔小高い〕

1 山や岡《おか》が少し高い

(1) 小高い岡《おか》の上から村を見《み》下《お》ろした。

F-2 うずたかい〔堆い〕

副詞的用法のみ。

1 物が高く積み上げられている様子

(1) 石炭がうず高く積んであった。

G ふかい〔深い〕

1 くぼみの上から下（開口部から底）までの距離《きょり》が離《はな》れている（反意語「浅い」）

(1) スープは深いなべで作る。

(2) ここは深いし、流れが急なので、泳いではいけません。

2 抽象《ちゅうしょう》的な意味で、表面から離《はな》れた奥《おく》の方まで（プラス評価）（反意語「浅い」）

(1) もっと深く考えなさい。

(2) あの人は日本について深い知識を持っている。

3 程度がはなはだしい

(1) 人々は王の死を深く悲しんだ。（反意語「あまり…ない」）

(2) 夏になって、木々は深い緑色になった。（反意語「浅い」）

H とおい〔遠い〕

対象となるものの位置が基準点から見て隔《へだ》たっている。

1 距離《きょり》が離《はな》れている（反意語「近い」）

(1) 友人の家は駅から遠かったのでタクシーに乗った。

(2) 遠い町まで買物に行った。

2 時間が離《はな》れている（反意語「近い」）

(1) 遠い昔のことを思い出す。

(2) 人々が月に観光旅行に行くのも、遠いことではないだろう。

3 関係が薄《うす》い

(1) あの人は母の遠いしんせきです。

4 感覚が鈍《にぶ》い（付録(1)「慣用表現」参照）

(1) 耳が遠い。

(2) 目が遠くなった。

(3) 気が遠くなってしまった。

H-1 はるかな〔遥かな〕

1 距離《きょり》や時間や程度が非常に離《はな》れている

用法は非常に限定されている。

(1) はるかに富士山が見える。（＝ずっと遠くに）

(2) はるかな昔の思い出。（＝ずっと以前の）

(3) これは以前のものに比べてはるかに優れている。（＝ずっと）

【注】「はるかかなた」「はるか昔」など、語根だけで用いられる場合がある。

練習問題〔一〕

一 次の二文の意味がほぼ同じなら○を、違《ちが》っていたら×をつけなさい。

1（　）｛大きな箱《はこ》を持ってきてください。
長い箱《はこ》を持ってきてください。｝

2（　）｛広い家に住みたい。
大きな家に住みたい。｝

3　（　）｛背が高くなった。
　　　　　太くなった。

4　（　）｛こだかい山に登った。
　　　　　とても高い山に登った。

5　（　）｛厚い紙が必要だ。
　　　　　大きな紙が必要だ。

二　正しい方を選びなさい。

1　この湖は（低い・浅い）。

2　（巨大な・広大な）土地を所有している。

3　今日の海は（大きい・あらい）。

4　もっと（高い・深い）知識を持つ必要がある。

5　（厚い・太い）本なので読むのに時間がかかるだろう。

〔二〕その他の数量を表す形容詞

A　おおい〔多い〕（反意語「少ない」）

1　物の数や量がたくさんある

(1)　日本は人口が多い。

(2)　去年の夏は雨が多かった。

【注】
名詞を修飾《しゅうしょく》するときには「多くの」あるいは「たくさんの」を用いる。
(1) 昨日の会には、多くの人が集まった。
ただし、何が「多い」のかという限定があるときは、「多い」を用いる。
(1) 人口の多い国、人口が多い国。

A-1 ばくだいな〔莫大な〕

1 普通《ふつう》と比べてずっと多い
金銭に関して用いられることが多い。
(1) あの会社は、今年莫大《ばくだい》な利益をあげたそうだ。
(2) 莫大《ばくだい》な財産、莫大《ばくだい》な損失。

A-2 おびただしい

1 数量が異常に多い
(1) おびただしい数の鳥がいて、驚《おどろ》いた。

B-0 おもい〔重い〕（反意語「軽い」、ただし「軽い」の意味範囲《はんい》は広いので「多義語」参照。）

1 目方が多い
(1) 荷物が重くて持ち上がらない。
(2) こんなに重いものをよく一人で運べましたね。

2 動かすのに力がいる

(1) ハンドルが重くてまわらない。

(2) （上り坂で）自転車のペダルが重い。

3 圧迫《あっぱく》感がある、さっぱりしない、すっきりしない（付録(1)「慣用表現」参照）

(1) 父のことが心配で気が重い。

(2) どうも頭が重くて、からだがだるいんです。

4 悪い

使用範囲《はんい》の制限あり——病気、けが。

(1) 父の病気はかなり重いようだ。

(2) 山田さんは交通事故で重いけがをして、入院している。

5 大きい

使用範囲《はんい》の制限あり——責任、任務。

(1) 会長などという役は責任が重すぎる。

(2) 責任の重い仕事を引き受けてしまった。

B-1 重たい

1 直接、手や肩《かた》にかかる重量を表現する形容詞

(1) この荷物は重たい。

(2) （子供を抱《だ》いて）重たくなったねえ。

練習問題〔一〕〔二〕

次にあげる形容詞の中から、（　　）に入るもっとも適切なものを選びなさい。

あらい　薄《うす》い　多い　軽い　狭《せま》い　遠い　長い　低い　深い　太い

1　交通事故が（　　）ので、気をつけましょう。
2　あの山は（　　）から登るのは簡単だ。
3　この道は（　　）のでトラックは通れません。
4　駅から（　　）ので不便だ。
5　この枝《えだ》は細《ほそ》すぎる。もっと（　　）枝《えだ》をさがしなさい。
6　サンドペーパーは（　　）ものから細《こま》かいものまである。
7　この井戸は（　　）から落ちないように注意してください。
8　（　　）小説をやっと読み終えた。
9　荷物が（　　）ので、とても楽だ。
10　ガラスは（　　）と、割れやすい。

〔三〕　速度を表す形容詞

A　はやい

一般《いっぱん》に、速度のときは「速い」と書くが、時間・時刻の時は「早い」と書く。

1　動きや変化が急である（反意語「遅《おそ》い」「のろい」）
(1)　飛行機は電車より速い。
(2)　もっと速く歩きなさい。

2　時間が先である（反意語「遅《おそ》い」）
(1)　今日は早く起きた。
(2)　もう少し早く来てください。

3　簡単である
(1)　手紙を書くよりも電話の方が早い。
(2)　早く言えば、行きたくないんだ。

B　すばやい（反意語　副詞の「ゆっくり」）
1　人や動物が、短時間にさっと行なう動作について用いる。
連用形で使われることが多い。
(1)　ボールをすばやくパスした。
(2)　鳥は、空から舞《ま》い降り、すばやく魚をとらえた。

C　敏捷《びんしょう》な
1　人や動物の動作について用いるが、人や動物そのものについても用いられる。
(1)　敏捷《びんしょう》な動作をするには、重心を片足にかけておく必要がある。
(2)　チータは実に敏捷《びんしょう》だ。

D すばしっこい

1 （主に小さい動物の）動作が細《こま》かく速い。

(1) ねずみはすばしっこくて、なかなか捕《つか》まえられない。

E 手ばやい

1 手を使った動作を短時間に行なう。

主体は人間。

(1) あの人は仕事が手早い。

(2) 青菜《あおな》はさっとゆでて、手早く水にとってください。

練習問題〔三〕

次にあげる形容詞の中からもっとも適切なものを選び、ふさわしい形に直しなさい。

すばしっこい　すばやい　手ばやい　早い　速い　敏捷《びんしょう》な

1 今日は遠足なので、朝（　　　）起きた。

2 母はいつも（　　　）おいしいものを作ってくれる。

3 新幹線はとても（　　　）。

4 めすのライオンは、獲物《えもの》に（　　　）飛びかかった。

5 この猫《ねこ》はとても（　　　）で、ねずみを捕《つか》まえるのが上手《じょうず》だ。

〔四〕 新旧を表す形容詞

A 新しい（反意語「古い」）

1 事物が現れたばかりで、時間がたっていない

(1) 新しい野菜は栄養価も高い。

(2) このアパートは新しくて、気持ちがいい。

2 現れた事物が以前のものにとって替《か》わった、または以前になかったものが現れた

(1) 新しい型の車が出ると欲しくなる。

(2) 日本で新しい年を迎《むか》えました。

B 新たな

「新しい2」の意味で使われる。「新たに」の形で副詞的に使われることが多い。連体修飾《しゅうしょく》はごく限られた名詞にだけする。（年、気持、心など）

(1) 化粧品《けしょうひん》会社が新たに健康食品も売り出した。

(2) 失敗にくじけずに、新たな気持でがんばろう。

C 新鮮《しんせん》な

「新しい1」の意味がさらに限定されている。

1 魚や野菜などが、とってから時間がたっていないで、生き生きしている（反意語「古い」）

(1) 野菜やくだものは新鮮《しんせん》なほどおいしい。
(2) あの店の魚は新鮮《しんせん》だ。

2 (抽象的《ちゅうしょう》に)汚《よご》れが感じられず、気持ちがいい
(1) 山の上の空気は新鮮《しんせん》でおいしかった。
(2) あの人と話をして、とても新鮮《しんせん》な印象を受けた。

D 若い(反意語「年とった」)

人間や動物の年齢《ねんれい》がある基準より下である。

1 生まれてから多くの年数がたっていない
ただし、幼児や子供に対しては「小さい」や「幼《おさな》い」が用いられる。
(1) 山本氏はまだ若いのに、非常に立派な研究をした。
(2) 若い木の芽が美しい。

2 年齢《ねんれい》が下である
(1) あの人は私より若そうだ。
(2) 母は父より八歳《さい》若い。

練習問題〔四〕

次の文で形容詞の使い方が間違《まちが》っているものを正しく直しなさい。

1　あの建物は新鮮《しんせん》だ。（　　）
2　あの犬は年とっている。（　　）
3　これは新たな薬です。（　　）
4　この子はまだとても若い。（　　）
5　車を新しくした。（　　）

〔五〕 強弱を表す形容詞

A　強い（反意語「弱い」）

他からの作用や抵抗《ていこう》に負けないほどの力がある。

1　力や作用そのものの大きさを示す
(1)　風が強い。
(2)　あの人は意志が強い。

2　力や作用の所有主（物の属性が決まっているとき）
(1)　この眼鏡《めがね》は強い。強い眼鏡《めがね》。（↑ この眼鏡《めがね》は度が強い。）
(2)　この薬は強い。強い薬。（↑ この薬は作用が強い。）

3　耐久《たいきゅう》力がある
(1)　この生地《きじ》は熱に強い。
(2)　もっと強いロープが必要だ。

(3) 彼《かれ》は酒に強いから、いくら飲んでも酔《よ》わない。

【注】人、あるいは原料や材料について用いられる。いくつかの材料を組み合わせたものには使いにくい。(「丈夫《じょうぶ》な 2」参照)

4 (人間について) 知識や能力がある

(1) 彼《かれ》は機械に強い。

(2) あの人はチェスが強い。

【注】知識や能力の対象には、普通《ふつう》は「に」を用いるが、勝負事《しょうぶごと》やスポーツの場合は「が」を用いる。

B 弱々しい

1 外から見て、弱そうに見える。

(1) 彼女《かのじょ》は青白くて、弱々しい。

(2) 電話をかけると、弱々しい声が答えた。

C 丈夫《じょうぶ》な

1 (人について) 体が強くて、病気をしない (反意語「弱い」「病気がちな」)

(1) うちの娘《むすめ》は細《ほそ》いけれど丈夫《じょうぶ》です。

(2) 以前は病気ばかりしていたが、最近は丈夫《じょうぶ》になった。

(3) 食べ物の好き嫌《きら》いをなくして、丈夫《じょうぶ》な体を作ろう。

2 (物について) しっかりしていて、(普通《ふつう》の使い方では) こわれない (反意語「弱い」)

（「強い3」、「頑丈《がんじょう》な2」参照）

材料ばかりでなく、製品についても用いられる

(1) この靴《くつ》ははきやすいし、丈夫《じょうぶ》だ。

(2) この紙は丈夫《じょうぶ》なので、少しくらい水にぬれても平気です。

D　頑丈《がんじょう》な

1　（人について）体格がしっかりしていて、体が強い（「強い」参照）

(1) あの人は頑丈《がんじょう》だから少しくらいの病気にはビクともしない。

【注】体格がいいことが条件のため、次の文はおかしい。

＊あの人は細いけれど頑丈《がんじょう》だ。

2　（物について）しっかりしていて、何をしてもこわれない

(1) このおもちゃは頑丈《がんじょう》なので、投げたり、落としたりしても大丈夫《だいじょうぶ》です。

E　健康な

「健康」は名詞としても用いられる。

1　（人やからだについて）病気をしない、病的でない

(1) よく眠《ねむ》れるのは健康な証拠《しょうこ》です。

(2) 心身ともに健康でありたいものだ。

F　元気な

「元気」は名詞としても用いられる。

1　（人や物について）体の調子がいい

(1)　ご両親はお元気ですか。

(2)　元気に毎日を楽しく過ごす。

2　（人や動物について）勢いがいいこと

(1)　子供が元気に走り回っている。

(2)　うちの犬は、今日は少し元気がない。

練習問題〔五〕

（　）の中に適切な強弱を表す形容詞を入れなさい。

1　私は車に（　　　）ので、長い旅行は出来ません。

2　（　　　）外で遊びなさい。

3　この箱《はこ》は（　　　）作ってあります。人が乗っても大丈夫《だいじょうぶ》です。

4　ボタンが落ちないように、（　　　）糸でぬいつけた。

5　昨日は、風がとても（　　　）。

〔六〕　難易を表す形容詞

A　むずかしい〔難しい〕

1　ことがらの解決、実現ができにくい（反意語「易しい」）

(1)　世界平和を実現させることは難しい。

(2)　難しい仕事だったので、一週間もかかった。

2　わかりにくい（反意語「易しい」）

(1)　この本は漢字が多くて、難しい。

(2)　もっと難しい問題に挑戦《ちょうせん》してみよう。

3　現状がよくなりにくい（この意味では反意語を持たない。）

(1)　難しい病気ですね。

(2)　職場の人間関係は難しい。

B　やさしい〔易しい〕（反意語「難しい」）

【注】　同音意義語　「優《やさ》しい」と混同しないようにすること。

1　ことがらの解決、実現がすぐにできる

(1)　人が考えたことをまねするのはやさしい。

(2)　言うだけならやさしい。

2　わかりやすい

(1)　あの作家の文章はやさしい。

(2) もっとやさしい言葉で説明してください。

【注】副詞的用法の場合、行為《こうい》そのものがすぐできるときには用いることが出来ない。

cf.「たやすい」、「容易な」、「簡単な」

*このパズルはやさしく出来る。

*子供でもやさしく使えます。

ただし、「もっとやさしく言ってください」のように行為《こうい》の結果がわかりやすいものになる場合は用いることが出来る。

C たやすい

1 行為《こうい》そのものが易しい（「易しい」「容易な」参照）

(1) この文章を読むのはたやすい。

(2) 子供でもたやすく開けられる。

【注】行為《こうい》にたいしてだけ用いられ、対象に用いることは出来ない。

*この文章はたやすい。

D 容易な

1 行為《こうい》そのものが易しい。

「たやすい」よりも複雑で大変な行為《こうい》に対して用いられる。否定表現を伴《ともな》うことが多い。

(1) この事件の解決は容易ではない。

(2) そのような大きな問題は容易に解決できない。

E　簡単な

1　物事が単純で、手がかかっていない（反意語「複雑な」）

(1)　簡単な道具。

(2)　この機械の構造は簡単だ。

2　手間や時間がかからない

(1)　簡単に説明してください。（反意語「詳《くわ》しい」）

(2)　時間があまりないので、簡単な食事ですませましょう。

3　やさしいので、すぐ出来る（反意語「難しい」）

(1)　試験は簡単だった。

(2)　車の運転なんて簡単だよ。

練習問題〔六〕

正しい方を選びなさい。

1　ライターの構造は（やさしい・簡単だ）。

2　この問題は（やさしく・たやすく）解ける。

3　この手紙はとても（やさしく・たやすく）書いてある。

4　事件の様子を（たやすく・簡単に）説明しましょう。

5　試験は（容易・簡単）だった。

〔七〕 美醜《びしゅう》を表す形容詞

美醜《びしゅう》を表す形容詞の代表的なものとして、「美しい」「きれいな」「みにくい」「きたない」をあげることが出来るが、各々の使用できる範囲《はんい》に、微妙《びみょう》な違《ちが》いがあるので注意が必要である。また各々の形容詞の持つ「プラス評価」「マイナス評価」ははっきりしているので、積極的に「マイナス評価」をしない限り、反意語は用いられない。

主体	状態	＋評価の形容詞	反意語（－評価）
人や動物	姿が好ましく人の心をうつ	美しい、きれいな	みにくい
物	色や形が人の心をうつ	美しい、きれいな	（きたない）
心や行為《こうい》	人を感心させる	美しい	みにくい
心や行為《こうい》	道徳的に正しい	きれいな	きたない
人・動物・物	汚《よご》れがなく清潔である	きれいな	きたない

A うつくしい〔美しい〕

書き言葉で用いられることが多い。

1 （人や動物の）姿、形が整っていて、人の心を打つ様子（反意語「醜《みにく》い」）

(1) 美しくなりたいと思わない人はいない。

(2) あの馬の走っている姿は実に美しい。

2 物の色・形が人の心を打つ

(1) 美しい夕焼け空をじっと見ていた。
(2) 雪の結晶《けっしょう》は美しい六角形をしている。

3 心や行為《こうい》が好ましく、人を感心させる（反意語「醜《みにく》い」）
(1) 今日の新聞には、クラスの皆《みな》で困っている友人を助けた美しい話がのっていた。
(2) 灰色のガンダルフは心の美しい人だった。

B

きれいな〔奇麗な〕（「多義語」参照）
話し言葉、または、くだけた書き言葉で用いられる。

1 （人や動物の）姿、形が華《はな》やかで、人目をひく（反意語「醜《みにく》い」）
(1) きれいになることはすべての女性の夢《ゆめ》である。
(2) たいていの鳥は雄《おす》の方がきれいだ。

2 物の色、形が際だっていて、人目をひく
(1) 広間にはきれいなシャンデリアがかかっていた。
(2) あたり一面にコスモスが咲《さ》いていて、とてもきれいだった。

3 心や行為《こうい》が道徳的に正しい（反意語「汚《きたな》い」）
(1) ルール違反《いはん》のないきれいな試合。
(2) あの候補者は、金を使わず、きれいな選挙を実行している。

4 汚《よご》れがなく清潔である（反意語「汚《きたな》い」）

(1) この部屋《へや》は掃除《そうじ》がゆきとどいていてきれいだ。
(2) 山をきれいにするために、ごみの持ち帰り運動が推進されている。

C
1 **みにくい〔醜い〕**
(肉体的欠陥《けっかん》がひどくて)見るものに不快感を与える
(1) 火傷《やけど》の後がみにくく残ってしまった。
2 (抽象《ちゅうしょう》的に用いて)見て不快感をもよおす
(1) 金の上での争いほどみにくいものはない。
(2) 親子でみにくく言い争っていた。

D
きたない〔汚い〕(反意語「きれいな」)
1 不純物、不潔なものが混じっている
(1) 手がきたなかったら、洗って来なさい。
(2) この水はきたないから、飲んではいけません。
2 正しくない
(1) きたないやり方でもうけた金など欲しくない。
(2) 大量の金が動いた、きたない選挙。

E
ふけつな〔不潔な〕(反意語「清潔な」)
1 汚《よご》れていたり細菌《さいきん》がついている

(1)　食べ物を不潔な手で触《さわ》ってはいけません。
(2)　垢《あか》で汚《よご》れた不潔なシャツ。

【注】「不潔な」は衛生面から見て、細菌《さいきん》や汚《よご》れの有無《うむ》だけを問題にしている。これに対して「きたない」では、見かけ上、不純物があるかないかが問題になっている。

F　かわいい〔可愛い〕

1　自分より下の人や動物に心がひかれ、大切にしたいと思う（反意語「にくらしい」）

(1)　犬は人間の言うことをよく聞くかわいい動物だ。
(2)　親にとっては、だめな子ほどかわいいものだそうだ。

2　若い女性や子供の顔や姿が愛らしく、保護したい気持ちにさせる

(1)　あの子、かわいいわね。
(2)　日本の女の子たちは自分をかわいく見せようと一生懸命《けんめい》だ。

3　物が小さくて心ひかれる

(1)　玄関《げんかん》にかわいい靴《くつ》があった。
(2)　コンパクトにまとまったかわいい文房具《ぶんぼうぐ》がはやっている。

G　かわいらしい〔可愛らしい〕

「かわいい」とほぼ同義だが、常に客観的な状態を描写《びょうしゃ》する。そのため「かわいい」の1の用法はない。

(1) あの子の仕草《しぐさ》はとてもかわいらしい。
(2) 小さくてかわいらしいものを集めている。

練習問題〔七〕

次の文の形容詞を正しいものに直しなさい。

1 私は子供がとてもかわいらしい。
（　　　）

2 金で買収するなんて不潔だ。
（　　　）

3 ほうきで部屋《へや》を美しくそうじする。
（　　　）

4 父親の遺産をめぐって、兄弟がきたなく争っている。
（　　　）

5 自分を犠牲《ぎせい》にして、人を助けたというきれいな話。
（　　　）

〔八〕 色を表す形容詞

A 色を表すイ形容詞

白い、黒い、赤い、青い

B　イ形容詞とナ形容詞を持つもの

黄色い／黄色な、茶色い／茶色な

C　その他の表現

すべての色の名前は名詞としての機能を持っている。他の名詞を修飾《しゅうしょく》するときは助詞「の」を必要とする。

D　派生語

a　接頭語

まっ—……真っ白い、真っ黒い、真《ま》っ赤《か》な、真《ま》っ青《さお》な

うす—……薄黒《うすぐろ》い、薄《うす》赤い、薄《うす》青い

どす—……どす黒《ぐろ》い

b　接尾《せつび》語

—っぽい……白っぽい、黒っぽい、黄色っぽい、紫《むらさき》っぽい、ピンクっぽい

【注】　この接尾《せつび》語はすべての色につけることができる。

c　色＋色の形容詞

あかぐろい、あおじろい

E　色調の違《ちが》いを表す形容詞

a　色の明るさ

明るい—暗い（すべての色に対して用いられる。）

b 色の濃淡《のうたん》

濃《こ》い—薄《うす》い（すべての色に対して用いられる。）

深い—浅い（緑、青に対して用いられる。）

c 色の鮮《あざ》やかさ

淡《あわ》い—鮮《あざ》やかな（白黒を除くすべての色に対して用いられる。）

〔九〕味を表す形容詞

A おいしい（反意語「まずい」）

【注】「まずい」の表す意味はずっと広い。

1 味がいい

(1) 母の作るみそ汁《しる》はとてもおいしい。

(2) おいしいものには目がない。

B うまい（「多義語」参照）

1 味がいい、おいしい（反意語「まずい」）

この意味では男性だけが用いる。

(1) あの店のラーメンはうまい。

(2) 「こんなうまいもの、初めて食べたよ。」

C　まずい（「多義語」参照）

1　味が悪い（反意語「おいしい」）

(1)　あまりにまずくて、食べられない。

(2)　野菜を煮《に》すぎたので、まずくなってしまった。

D　あまい〔甘い〕（「多義語」参照）

1　糖分が多い

(1)　砂糖を足して、もっとあまくした方がおいしいですよ。

(2)　蜂蜜《はちみつ》は、とてもあまい。

2　塩が足りない・少ない（反意語「しおからい」）

(1)　あまければ塩をもう少し入れてください。

(2)　この鮭《さけ》はあま塩《じお》ですから、ムニエルにもできますよ。

E　からい〔辛い〕（「多義語」参照）

1　舌をさす味

(1)　私はからいカレーが好きだ。

(2)　この大根おろしはからくない。

2　塩からい

(1)　塩の入れすぎで、スープがからくなってしまった。

(2)　「すきやき」は、肉と野菜を、しょうゆと砂糖と酒であまからく煮《に》て作ります。

F しおからい〔塩辛い〕

1 塩分が多すぎる

(1) 海の水は塩辛《から》い。

(2) 塩辛《から》いものをたくさん食べると水が飲みたくなる。

G すっぱい〔酸っぱい〕

1 酸味が強い

(1) すっぱいものを食べると唾《つば》が出てくる。

(2) この夏みかんはとてもすっぱい。

H にがい〔苦い〕（「多義語」参照）

1 口に入れるといやな感じのする味

(1) この薬は苦いけれど、我慢《がまん》してのみなさい。

(2) 濃《こ》いコーヒーは苦くて飲めない。

練習問題〔九〕

（　）の中に、適当な言葉を入れなさい。

1 レモンをいれると（　　　）なる。

2 塩を入れすぎて（　　　）なってしまった。

3 （　　）のが好きな人は砂糖を足してください。

4　みかんの皮をかじったら、（　　　　）―た。
5　子供用には（　　　　）ないカレーがいい。
6　あの喫茶店《きっさてん》のコーヒーはとても（　　　　）。豆《まめ》がいいのだろう。

〔一〇〕においを表す形容詞

A　プラス評価のにおい

a　一語で表せる形容詞はなく、「いい香《かお》りがする」「いい香《かお》りだ」「いいにおいがする」「おいしそうなにおいだ」などの表現を用いる。

(1)　部屋《へや》に入るとバラの花のいい香《かお》りがした。
(2)　おいしそうなにおいがする。

b　香《こう》ばしい

物を焼いたり煎《い》ったりしたときのいいにおい。

(1)　どこからかせんべいの焼けるような香《こう》ばしいにおいがしてきた。

B　マイナス評価のにおい

a　くさい

1　いやな臭《にお》いがして不快な

(1)　この魚はちょっとくさいから、食べない方がいい。
(2)　くさい。ガスがもれてるんじゃない？

2 （抽象的《ちゅうしょう》に用いて）疑わしい

(1) あの男はさっきからうろうろしている。どうもくさい。

3 「―くさい」を用いた複合語

においの種類

青くさい、汗《あせ》くさい、磯《いそ》くさい、ガスくさい、かびくさい、焦《こ》げくさい、

酒くさい、なまぐさい、など

抽象的《ちゅうしょうてき》に

田舎《いなか》くさい、学者くさい、乳《ちち》くさい、泥《どろ》くさい、バタくさい、など

練習問題〔10〕

次の1～10の状態にどんな形容詞を用いるか考えなさい。a～jの中から選ぶこと。

1 海岸を歩いているとき（　）

2 アルコール飲料を飲んだ人の息（　）

3 スポーツをした後の体操着（　）

4 風通しの悪い、しけった部屋《へや》（　）

5 未熟で、幼稚《ようち》な人（　）

6 欧米《おうべい》風の生活の好きな人（　）

7 魚を切ったばかりの包丁《ほうちょう》（　）

a 汗《あせ》くさい

b 磯《いそ》くさい

c かびくさい

d くさい

e こうばしい

f 酒くさい

g 乳《ちち》くさい

8　洗練されていない様子（　）
9　豆《まめ》を煎《い》るにおい（　）
10　食欲をなくすような臭《にお》い（　）

h　泥《どろ》くさい
i　なまぐさい
j　バタくさい

〔二〕　音を表す形容詞

CとDをのぞいては、音以外の感覚領域の表現が用いられる。

A　音の状態を表す形容詞

大きい—小さい

1　音量の大小

(1)　大きい声で話す。

大きな—小さな（連体修飾《しゅうしょく》のみ）

1　音量の大小

(1)　夜中に大きな音がした

高い—低い

1　音の高低

(1)　のどが痛いので、高い声が出せない。

(2)　高い音の方が遠くまでよく聞こえる。

2　音量の大小

(1)　ラジオの音が高いので、もう少し低くしてください。

【注】　以上のほかに音の状態を表す形容詞として次のようなものがある。
美しい・きれいな—きたない、よい—悪い・いやな、すんだ—にごった
重い—軽い、するどい—にぶい、かたい—やわらかい、など

B　声だけに限定して使われる形容詞

太い—細い

1　声が低くて大きい

(1)　あの人は太くてよく通る声をしている。

かぼそい

1　声が細くて弱々しい

(1)　かぼそい声が受話器のむこうから聞こえてきた。

きいろい

1　女性のかんだかい声

(1)　女の子たちが、キャーキャーと黄色い声で叫《さけ》んでいる。

C　騒音《そうおん》に関する形容詞

けたたましい

1　急に大きい音がたてつづけにして不快である
(1)　夜中にけたたましいベルの音で目が覚めた。

やかましい

1　音が大きくて不快である
(1)　この機械はやかましい。

うるさい（「多義語」参照）

1　音が大きかったり、しつこく続いたりして不快である
(1)　テレビの音がうるさくて、話が聞こえない。
(2)　隣《となり》の犬はうるさい。一日じゅうキャンキャン鳴いている。

さわがしい、そうぞうしい

1　（主に人間や動物の）動きまわる音や声が大きくて不快である
(1)　外が騒《さわ》がしい。何が起きたのだろう。
(2)　こんなに騒々《そうぞう》しいと、眠《ねむ》れない。

D　その他

静かな（「多義語」参照）

1　不快な騒音《そうおん》がない。
(1)　ここは静かでゆっくり本が読める。
(2)　子供が寝《ね》ていますから、静かにしてください。

〔三〕 温度を表す形容詞

体全体で感じる温度と、体の一部で感じる温度とで表現が違《ちが》う。

1 体全体で感じる温度の表現

感覚の主体は話し手。主語は省略されることが多い。場所、季節、時間などを表す表現が助詞「は」を伴《ともな》って用いられることが多い。

語例	外から加えられる熱量	評価
寒い	−−	−
涼《すず》しい	−	+
暖かい	+	+
暑い	++	−

(1) 日本の冬は寒いのでコートが必要です。

(2) 夏になると、どこか涼《すず》しいところに引越《ひっこ》したくなる。

(3) この部屋《へや》は日当たりがいいので、冬でも暖かい。

(4) 暑かったら、クーラーを使ってください。

2 体の一部で感じる温度の表現

感覚の主体は話し手。体の一部を主語としてもつ場合がある（「ぬるい」にはこの用法はない）。感覚を起こさせる対象が主語となる場合が多い。

語　例	外から加えられる熱量	評　価
冷たい	−−	±
冷たい	−	+
ぬるい	0（+・−）	−
暖かい	+	+
熱い	++	±

(1)　熱のあるとき、氷は冷たくて、気持ちがいい。
(2)　川の水は冷たかったので、泳げなかった。
(3)　運動した後、冷たい水がとてもおいしかった。
(4)　ビールがぬるくなってしまった。
(5)　このスープはぬるくておいしくない。もう一度温めてこよう。
(6)　ストーブの前にいると、暖かくて、眠《ねむ》たくなる。
(7)　紅茶はできるだけ熱い湯を注いだ方がおいしい。
(8)　真夏に砂浜《すなはま》をはだしで歩いたら、足の裏が熱くてやけどしそうだった。

練習問題〔三〕

（　）の中に、温度を表す適当な形容詞を入れなさい。

1 日本の夏は（　　　　）。

2 のどがかわいた。（　　　　）コーラが飲みたい。

3 この風呂《ふろ》は（　　　　）。もう少しわかしてください。

4 クーラーを入れたら、やっと（　　　　）なった。

5 このフライパンは（　　　　）ですから、気をつけてください。

6（　　　　）朝は（　　　　）ふとんから出るのがいやなものだ。

第一二章　形容詞の意味(2)——多義語

各々の言葉は意味の広がりを持っている。本来は属性を表していたある形容詞が、抽象《ちゅうしょう》的に用いられて話し手の判断や評価を表すことも多い。ここでは、基本的な形容詞のうちでも、特に意味領域が広いものを取り上げてみた。（反意語に関しては91ページ、第一一章の【注】を参照のこと。）

あかるい〔明るい〕（反意語「暗い」）

1　光がある

(1)　この部屋《へや》は窓が大きいので、明るい。

(2)　空が明るくなってきた。もうすぐ夜明けだ。

(3)　明るい色。

2　楽しそうな様子

(1)　あの人はいつも明るくて、親切だ。

(2)　非行《ひこう》をなくして、町を明るくしよう。

(3)　明るい音楽を聞くと、心が晴《は》れ晴《ば》れする。

3　物事を良く知っている

(1) このあたりの地理に明るい人を知りませんか。
(2) あの人はインドに五年いたので、インドの事情に明るい。

あつい〔厚い〕（「類義語」参照）

あまい〔甘い〕（「類義語」参照）

1 糖分が多い（反意語「苦い」、「あまくない」）
(1) 母は砂糖をたっぷり入れた、あまいココアが好きです。
(2) 最近は糖分をひかえた、あまくないお菓子《かし》がよく売れるそうだ。

2 塩が足りない・少ない（反意語「塩からい」）
(1) このスープ、まだあまいわ。もう少し塩を入れた方が良さそうね。
(2) この干物は塩があまいので、お早めに召《め》し上《あが》ってください。

3 厳しくない（反意語「厳しい」「からい」）
(1) 母は厳しいが、父はあまい。
(2) あの先生はあまくて、授業に出てさえいればAをくれるそうだ。

4 ゆるい、鋭《するど》くない
(1) ネジがあまいのでもっとしっかり締《し》めてください。
(2) ナイフの刃《は》があまくなって、よく切れなくなった。

5 物の見方が安易だ

(1) お前の考えはあますぎるよ。
(2) 仕事をあまく見ると失敗する。
(3) 人をあまく見るな。

うすい〔薄い〕

1 厚みが少ない（反意語「厚い」）
(1) サンドイッチ用に、パンを薄《うす》く切ってもらった。
(2) 薄《うす》いコートを着てきたので、少し寒い。

2 濃度《のうど》が少ない（反意語「濃《こ》い」）
(1) この紅茶は薄《うす》い。
(2) 薄《うす》い色の服は、汚《よご》れやすい。

3 分量が少ない（反意語「濃《こ》い」、「多い」）
(1) 年取ると、髪《かみ》の毛が薄《うす》くなる。
(2) こんな商売のやり方では、利益が薄《うす》い。

うまい

1 上手《じょうず》な（反意語「下手《へた》な」）
(1) はしを使う練習をしているが、なかなかうまく持てない。
(2) あの人は日本語がとてもうまい。

2 味がいい、おいしい（反意語「まずい」）
この意味では男性だけが用いる。
(1) 「うん、このそばはうまい。」
(2) うまいものをごちそうしよう。

3 自分にとって都合のいい（反意語「まずい」「悪い」）
(1) そんなにうまいことばかり言ってもだまされませんよ。
(2) うますぎる話には気をつけてください。
(3) 「しめしめ、うまくいった。」

うるさい

1 音が大きかったり、しつこく続いたりして不快である（反意語「静かな」）
(1) スピーカーの音がうるさい。
(2) 一晩じゅうモーターの音がうるさかった。

2 わずらわしい
(1) はえが飛び回ってうるさくてしかたない。
(2) 子供がまつわりついて、うるさい。

3 よく怒《おこ》る、小言を言う
(1) 老人は口うるさいものだそうだ。
(2) 遅《おそ》く家に帰ると、父がうるさい。

おおい〔多い〕（「類義語」参照）（反意語「少ない」）

おおきい〔大きい〕（「類義語」参照）（反意語「小さい」）

おかしい

1　笑いたくなるような

(1)　あんまりおかしかったので、大声で笑ってしまった。

(2)　チャップリンの喜劇は、（おもしろ）おかしいだけではない。

2　変な、普通《ふつう》と違《ちが》う

(1)　「おかしいなぁ。スイッチを押《お》しても動かない。」

(2)　このごろは、おかしな服が流行している。

3　怪《あや》しい、他人に疑われる

(1)　あの人、急に親切になっておかしいと思わない？

(2)　彼《かれ》はこの頃《ごろ》、いつ電話してもいない。どうもおかしい。

おもい〔重い〕（「類義語」参照）（反意語「軽い」）

おもしろい〔面白い〕（反意語「つまらない」）

1　おかしくて笑いたくなる

(1)　彼《かれ》の話はとてもおもしろかったので、吹《ふ》き出してしまった。

(2)　あの人はとてもおもしろい人ですね。

2 興味がある

(1) 日本語の勉強は大変だが、おもしろい。

(2) その映画は私の生まれた頃《ころ》の話で、とてもおもしろかった。

3 物事が自分の思うとおりになっていい気分だ

否定で使われることが多い。

(1) 自分の出した提案が採用されなかったので、おもしろくない。

(2) 彼《かれ》はおもしろくないことがあると、ぷいと出ていってしまう。

4 ふつうと違《ちが》っていて、興味をひく

(1) おもしろいものを見かけると、つい買ってしまう。

(2) あなたの考えは、なかなかおもしろいですね。

からい〔辛い〕（反意語「甘《あま》い」）

1 舌をさす味

(1) 暑い時はピリッと辛《から》いものを食べると、食欲が出てくる。

(2) 辛《から》いのが好きな人は唐《とう》がらしを多めに入れてください。

2 塩からい

(1) お昼に食べたシチューがからかったので、のどが渇《かわ》いてしかたがない。

(2) そんなにしょうゆをかけたらからいよ。

3　点数のつけ方が厳しい

(1)　あの先生は点がからい。

かるい〔軽い〕（「類義語」「重い」参照）

1　重量が少ない（反意語「重い」）

(1)　氷は水より軽い。

(2)　この傘《かさ》は軽いので、持ち歩きに便利です。

2　ひどくない（反意語「重い」）

(1)　けがが軽くてよかったですね。

(2)　風邪《かぜ》は軽いうちによく寝《ね》れば、すぐ直りますよ。

3　動きやすい（反意語「重い」）（付録(1)「慣用表現」参照）

(1)　やっと約束《やくそく》を果たしたので、気が軽くなった。

(2)　あの人は口が軽くていやになる。

(3)　腰《こし》が軽い。

(4)　足どりが軽い。

4　少し（反意語「たくさんな」）

(1)　昼ご飯は軽くしておこう。

(2)　すわってばかりいないで、軽い運動をした方がいいですよ。

5 簡単な
(1) 軽いあいさつをかわす。
(2) あの人は酒に強い。ワイン一本は、軽く飲んでしまう。

6 味が淡白《たんぱく》な／あぶらっこくない（反意語「あぶらっこい」）
(1) 軽い味のものが食べたい。
(2) この天ぷらは軽くあがっていておいしい。

きれいな（「類義語」参照）

1 美しい
(1) きれいな花が咲《さ》いている。（反意語「きたない」）
(2) きれいな日本語を話す。（反意語「きたない」「下手《へた》な」）
(3) 太郎さんと歩いていた女の人はとてもきれいでした。（反意語「みにくい」）

2 清潔な、清らかな（反意語「きたない」）
(1) テーブルの上をきれいにした。
(2) この川をきれいな水の流れる川にしよう。

3 態度が立派な（反意語「きたない」）
(1) きれいな選挙はむずかしいようだ。
(2) あの人はお金にきれいだ。

4　すっかり
副詞的用法のみ。
(1)　持っていたお金をきれいに使ってしまった。
(2)　徹夜《てつや》で勉強したが試験が終わると全部きれいに忘れてしまった。

くらい〔暗い〕（反意語「明るい」）

1　光が少ない
(1)　窓が小さいので、一日中暗い。
(2)　日が沈《しず》み、あたりは暗くなってきた。
(3)　暗い色。

2　気持ちがほがらかでない
(1)　試験に落ちて、暗い気持ちで家に閉じこもっていた。
(2)　事故で両親を失い、暗い毎日をおくっている。

3　よく知らない
(1)　このあたりの地理に暗いので、案内のできる人をさがしています。
(2)　私は政治のことには暗くてよくわかりません

しずかな〔静かな〕

1　不快な騒音《そうおん》がない（「類義語」参照）（反意語「うるさい」「騒《さわ》がしい」）
(1)　廊下《ろうか》は静かに歩きましょう。

(2) 図書館はとても静かで、勉強がしやすい。

2 動かない様子

(1) 今日は一日静かに寝《ね》ていてください。

(2) 風がやみ、波も静かになった。

たかい〔高い〕（「類義語」参照）

つよい〔強い〕（反意語「弱い」）（「類義語」参照）

ていねいな〔丁寧な〕（反意語「乱暴な」「ぞんざいな」）

1 礼儀《れいぎ》正しい

(1) ていねいにあいさつをした。

(2) 京都を案内してあげた友人から、ていねいな礼状が届いた。

2 親切で行き届いている

(1) 道を尋《たず》ねたら、ていねいに教えてくれた。

(2) 先生はいつもていねいに説明してくれる。

3 よく注意してする

(1) 字はていねいに書いてください。

(2) あの洋服屋の仕立てはとてもていねいだ。

とおい〔遠い〕（「類義語」参照）

ながい〔長い〕（反意語「短い」）（「類義語」参照）

にがい〔苦い〕（「類義語」参照）

1　口に入れるといやな感じのする味（反意語「甘《あま》い」）

(1)　苦い薬を子供に飲ませるには、砂糖を少し混ぜるといい。

(2)　今日のコーヒーはずいぶん苦いなあ。

2　いやだったので、二度と経験したくない（反意語「楽しい」）

(1)　山登りには、苦い思い出がある。

(2)　母は海外旅行で苦い経験をしたので、もう行きたくないそうだ。

（関連語）　苦々しい

ひくい〔低い〕（「類義語」「高い 1、2、3」参照）（反意語「高い」）

1　上から下への長さが短い

(1)　家族の中で母が一番背が低い。

(2)　この辺は土地が低いので、大雨のときは大変だ。

2　程度、地位が下である

(1)　この夏は気温が低かったのでイネの成長が悪かった。

(2)　身分や地位が低いからと言って、人間の価値が低いわけではない。

ひどい

1 情けがなく残酷《ざんこく》な様子

(1) 人にけがをさせておいて何にも言わないとはひどい人だ。

(2) 渋滞《じゅうたい》でここまで来るのに二時間もかかってしまった。ひどい目にあった。

2 程度が激《はげ》しい様子

(1) ひどいかぜにかかって、三日も寝込《ねこ》んでしまった。

(2) 今日は雨がひどいそうだ。かさだけじゃなくて、長靴《ながぐつ》もはいていった方がいい。

ひろい〔広い〕（反意語「狭《せま》い」）（「類義語」参照）

ふかい〔深い〕（「類義語」参照）

ふとい〔太い〕（「類義語」参照）

へたな〔下手な〕

1 うまくない（反意語「上手《じょうず》な」「うまい」）

(1) 姉はテニスが上手《じょうず》だが、私は下手《へた》だ。

(2) なわとびが下手《へた》なので、毎日練習しています。

2 よく考えないでする

副詞的用法のみ。

(1) へたに動くとあぶない。

(2) 安いからといってへたに買うとかえって損をする。

まずい（「類義語」参照）

1 味が悪い（反意語「おいしい」）

(1) 安い紅茶を買ったらまずかった。

(2) スープがさめて、まずくなってしまった。

2 へたな（反意語「上手《じょうず》な」「うまい」）

主に男性が用いる。

(1) 絵はうまいけど、字がまずい。

cf. 絵は上手《じょうず》だけど、字が下手《へた》ね。

3 都合《つごう》が悪い

この意味では女性はあまり使わずに「困る」を用いる。

(1) あいつが今来たらまずい。

cf. あの人が今来たら困る。

(2) まずいことになった。

cf. 困ったことになった。

やさしい〔**優しい**〕

1 親切な（反意語「意地悪な」）

(1) あの子はやさしいので、人気《にんき》がある。
(2) 小さい子にはやさしくしなさい。

2 そっと（反意語「ひどく」「強く」）
(1) 犬をやさしくなでる。
(2) やさしい風が吹《ふ》いている。

3 上品で美しい
(1) いただいた人形は、とてもやさしい顔をしていた。
(2) 着物を着ると、とてもやさしく見える。

よい〔良い〕

話し言葉では、終止形および連体形は「いい」となることが多い。

1 すぐれている（反意語「悪い」）
(1) あの店の品物はいい。
(2) この絵はよくかけている。

2 正しい（反意語「悪い」）
(1) 小さい子をいじめるのはよくない。
(2) 大人がよい手本を子供に示さなくてはならない。

3 好ましい

(1) 病気が直って本当によかったですね。
(2) この服は私にちょうどいい。

4　十分である
(1) 道を渡《わた》るときは左右をよく見てから渡《わた》りなさい。
(2) 旅行の準備はもういいですか。

5　程度が高い
(1) 量より質のよいものを選ぶべきだ。
(2) あの人よくしゃべりますね。

6　頻度《ひんど》が多い、何度も（連用形のみ）
副詞として分類することもできる。
(1) レストランにはよく行くんですか。
(2) この頃《ごろ》よく遅刻《ちこく》してきますね。

練習問題

一　次の文の形容詞の反意語を書きなさい。

1　妹の部屋《へや》はいつもきれいだ。（　　）
2　質問したら、ていねいに教えてくれた。（　　）
3　あの人はとても明るい人です。（　　）

4 海外旅行では苦い思い出がある。（　　）
5 私のピアノの先生はやさしい。（　　）
6 あの子はとってもやさしい子だ。（　　）
7 昨日の試験はやさしかった。（　　）
8 この紅茶は薄《うす》い。（　　）
9 肉を薄《うす》く切ってください。（　　）
10 うまいときに友達が来た。（　　）

二　次の文の形容詞はどんな意味ですか。

1 母親が子供をやさしくなでている。（　　）
2 あなたの作文はとてもよく書けています。（　　）
3 コンサートにはよくいらっしゃるんですか。（　　）
4 インドの美術に明るい。（　　）
5 ボールがひどく当った。（　　）
6 ひどく痛かった。（　　）
7 君の料理はうまい。（　　）
8 君は料理がうまい。（　　）
9 あの先生は女の子にあまい。（　　）
10 このカレーは甘《あま》いので子供でも食べられる。（　　）

付録(1)　慣用表現

ここでは形容詞を用いた慣用表現のうち、体に関する表現を集めてみた。

部位	慣用表現	意味	反意表現
足	足を長くして寝《ね》る	ゆったりと休む	
頭	頭がいい	高い知能を持っている	頭が悪い
	頭が痛い	頭痛がする／困ることがある	
	頭が白い	白髪《しらが》である	頭が黒い
	頭が古い	考え方が古い	
	頭が変な	気が狂《くる》っている	
	頭がやわらかい	思考が柔軟《じゅうなん》で良い	頭が固い
	頭《ず》が高い	礼を失した、いばった態度を取る	頭《あたま》が低い
腕《うで》	腕《うで》がいい	能力がある／上手《じょうず》にできる	腕《うで》がない、腕《うで》が悪い
	腕《うで》が確かな	よい仕事ができる	腕《うで》が怪《あや》しい
顔	いい顔をする	好意的な態度を取る	いやな顔をする

大きな顔をする	いばった態度を取る	
顔がいい	美人だ／美男子だ	顔が悪い
顔が広い	つき合いの範囲《はんい》が大きく、人によく知られている	

肩《かた》

肩《かた》がいい	ボールを正確に遠くまで投げられる	肩《かた》が弱い
肩《かた》が軽くなる	肩《かた》のこりが取れて楽になる	肩《かた》が重い、肩《かた》がこった
肩身《かたみ》が広い	世間に対して誇《ほこ》らしい	肩身《かたみ》が狭《せま》い

気

気がいい	人がよくて親切だ	
気が多い	いろいろなものに興味を持つ	
気が大きい	物事をあれこれ心配しない	気が小さい
気が重い	なやんでいる	気が軽い、気が楽な
気が強い	勝気《かちき》である	気が弱い
気が遠くなる	失神する	
気がはやい	あわてて何かをする	
気が変になる	気違《きちが》いになる	
気が短い	がまんが出来ない	気が長い
気が若い	精神的にまだ若い	
気のない（返事）	心をこめていない	
気をよくする	（ほめられて）気分がよくなる	気を悪くする

肝《きも》	肝《きも》（肝《きも》っ玉）が太い	度胸がある	肝《きも》っ玉が小さい
口	口がうまい	調子のいいことばかり話す	
	口が重い	あまり話さない	口が軽い
	口がかたい	秘密を守ることが出来る	口が軽い
	口がすっぱくなるほど	何度でも注意する	
	口が悪い	相手に遠慮《えんりょ》せず、ずけずけものを言う	
首	首を長くする	長い間、一生懸命《けんめい》待っている	
心	心にもない	全然思ってもいない	
腰《こし》	腰《こし》が強い	（相撲《すもう》などで）粘《ねば》り強く上半身を支える力がある／（もちやそばなどに）粘《ねば》りがある	腰《こし》が弱い
	腰《こし》が低い	態度がへりくだっている	
尻《しり》	尻《しり》が重い	なかなか立ち上がらない／さっと動かない	
	尻《しり》が軽い	さっさと動く／浮気《うわき》っぽい	
神経	神経が太い	大胆《だいたん》だ	神経が細い

	神経が細かい	小さいことによく気がゆきとどく	
手	手がいい	字が上手《じょうず》だ （トランプなどで）自分のカードがいい	手が悪い
	手がない	人手が足りない	手がある
	手がはやい	仕事がはやい	
	てきびしい	相手に対して遠慮《えんりょ》せずに厳しい	てぬるい
	てごわい	勝負《しょうぶ》の相手として、強いのでなかなか勝てない	
人	人がいい	善人だ／善良でやさしい性格だ	人が悪い
鼻	鼻がいい	においに対して敏感《びんかん》だ	鼻が悪い
	鼻が高い	自慢《じまん》できる	
	鼻を高くする	自慢《じまん》する	
腹	腹が黒い	悪い心を持っている	
耳	耳がいい	よく聞こえる	耳が悪い／耳が遠い
		（音楽などを）聞き分ける力がある	耳がない／耳が悪い

耳が痛い	人の言うことが自分の弱点に触《ふ》れるので、聞くのがつらい	
耳が速い	ニュースや事件をすぐにキャッチする	

目

白い目で見る	相手に対して好意的でない見方をする	
長い目で見る	遠い将来のことを考えて判断する	
目がいい	遠くまでよく見える／いいものを見分ける能力がある	目が悪い、目がない
目が高い	いいものを見分ける能力がある	目がない
目が遠くなる	老眼になる	
目がない	いいものを見分ける力がない／欲しくてがまんできない	目が高い
目がはやい	いいものをさっと見つける	
目の黒いうち	生きている間に	
目を細くする	心から喜ぶ様子	
目を丸くする	驚《おどろ》いて目を見開く	

付録(2)　派生形式

形容詞から他品詞へ、他品詞から形容詞への両方の例を挙げる。

1　イ形容詞＋ーむ ↓ 動詞

危うい ↓ 危ぶむ　痛い ↓ 痛む　いやしい ↓ いやしむ　惜《お》しい ↓ 惜《お》しむ
悲しい ↓ 悲しむ　苦しい ↓ 苦しむ　親しい ↓ 親しむ　楽しい ↓ 楽しむ
尊《とうと》い ↓ 尊《とうと》ぶ　懐《なつ》かしい ↓ 懐《なつ》かしむ　憎《にく》い ↓ 憎《にく》む　ぬるい ↓ ぬるむ
ゆるい ↓ ゆるむ

2　イ形容詞＋ーまる ↓ 動詞

薄《うす》い ↓ 薄《うす》まる　高い ↓ 高まる　広い ↓ 広まる
早い ↓ 早まる　弱い ↓ 弱まる

3　イ形容詞＋ーめる ↓ 動詞

痛い ↓ 痛める　薄《うす》い ↓ 薄《うす》める　清い ↓ 清める　狭《せま》い ↓ 狭《せば》める
高い ↓ 高める　低い ↓ 低める　早い ↓ 早める　広い ↓ 広める

細い↓細める　丸い↓丸める　ゆるい↓ゆるめる　弱い↓弱める

4　イ・ナ形容詞＋ーがる↓動詞

暑い↓暑がる　痛い↓痛がる　うるさい↓うるさがる
書きたい↓書きたがる　気の毒な↓気の毒がる　苦しい↓苦しがる

5　イ・ナ形容詞＋ー過ぎる↓動詞

赤い↓赤過ぎる　美しい↓美し過ぎる　遅《おそ》い↓遅《おそ》過ぎる
強力な↓強力過ぎる　せっかちな↓せっかち過ぎる
丁寧《ていねい》な↓丁寧《ていねい》過ぎる　派手な↓派手過ぎる　有名な↓有名過ぎる

6　イ・ナ形容詞＋ーさ↓名詞

質・量などの程度を表す名詞である。

甘《あま》い↓甘《あま》さ　痛い↓痛さ　うまい↓うまさ
おいしい↓おいしさ　重い↓重さ　軽い↓軽さ
可愛《かわい》い↓可愛《かわい》さ　危険な↓危険さ　きたない↓きたなさ
怖《こわ》い↓怖《こわ》さ　重大な↓重大な　すがすがしい↓すがすがしさ
親しい↓親しさ　太い↓太さ　細い↓細さ
まずい↓まずさ　柔《やわ》らかい↓柔《やわ》らかさ　若い↓若さ

7 イ形容詞＋―み→名詞

前の「―さ」にくらべて派生の自由が少ない。

暖かい→暖かみ　有難い→有難み　甘《あま》い→甘《あま》み
痛い→痛み　悲しい→悲しみ　苦《くる》しい→苦《くる》しみ
親しい→親しみ　苦《にが》い→苦《にが》み　丸い→丸み

8 イ形容詞＋―げ→ナ形容詞

怪《あや》しい→怪《あや》しげな　いぶかしい→いぶかしげな　羨《うらや》ましい→羨《うらや》ましげな
嬉《うれ》しい→嬉《うれ》しげな　恐ろしい→恐ろしげな　面白い→面白げな
甲斐甲斐《かいがい》しい→甲斐甲斐《かいがい》しげな　か弱い→か弱げな　気難しい→気難しげな
苦しい→苦しげな　涼《すず》しい→涼《すず》しげな　眠《ねむ》たい→眠《ねむ》たげな
恥《は》ずかしい→恥《は》ずかしげな　まぶしい→まぶしげな　物珍《めずら》しい→物珍《めずら》しげな

9 動詞＋―しい→イ形容詞

急ぐ→いそがしい　痛む→痛ましい　うとむ→うとましい
いらだつ→いらだたしい　うらむ→うらめしい　疑う→疑わしい

10 動詞・イ形容詞・ナ形容詞＋―そう→ナ形容詞

「ない、良い」に注意すること。

行く↓行きそうな　降る↓降りそうな　良い↓良さそうな

暑い↓暑そうな　暖かい↓暖かそうな　易しい↓易しそうな　駄目《だめ》な↓駄目《だめ》そうな

真面目《まじめ》な↓真面目《まじめ》そうな　いやな↓いやそうな　ない↓なさそうな

11　名詞・動詞＋ーがち↓ナ形容詞

雨↓雨がちな　黒目↓黒目がちな

ある↓ありがちな　急ぐ↓急ぎがちな　疑う↓疑いがちな

忘れる↓忘れがちな

12　動詞＋ーやすい・ーにくい・ーづらい↓イ形容詞

歩く↓歩きやすい・歩きにくい・歩きづらい

聞く↓聞きやすい・聞きにくい・聞きづらい

読む↓読みやすい・読みにくい・読みづらい

分かる↓分かりやすい・分かりにくい・分かりづらい

13　動詞・イ形容詞＋苦しい↓イ形容詞

見る↓見苦しい　聞く↓聞き苦しい

暑い↓暑くるしい　狭《せま》い↓狭《せま》くるしい

14 動詞＋難い → イ形容詞

有る → 有難い　得る → 得難い　去る → 去り難い

忍《しの》ぶ → 忍《しの》び難い　耐《た》える → 耐《た》え難い

15 名詞・動詞・イ形容詞・ナ形容詞＋ーっぽい → イ形容詞

口語的でくだけた言い方。否定的価値判断を表すことが多い。

子供 → 子供っぽい　理屈《りくつ》 → 理屈《りくつ》っぽい　水 → 水っぽい

厭《あ》きる → 厭《あ》きっぽい　怒《おこ》る → 怒《おこ》りっぽい　忘れる → 忘れっぽい

黒い → 黒っぽい　白い → 白っぽい　安い → 安っぽい

キザな → キザっぽい　俗な → 俗っぽい

16 名詞・動詞・イ形容詞・ナ形容詞 ＋ くさい → イ形容詞

否定的な価値判断を表す。

素人《しろうと》 → 素人《しろうと》くさい　泥《どろ》 → 泥《どろ》くさい　水 → 水《みず》くさい

こげる → こげくさい　てれる → てれくさい

陰気《いんき》な → 陰気《いんき》くさい　いんちきな → いんちきくさい

めんどうな → めんどくさい　古い → 古くさい

語彙索引

ナ形容詞については,「一だ」で終っているものも
連体形で表示してある。

用語索引

形容詞、イ形容詞、ナ形容詞は除外した。

著者紹介

西原鈴子（にしはら・すずこ）

1963年国際基督教大学教養学部語学科卒業。70年ミシガン大学大学院言語学科博士課程修了（Ph. D.）。現在，国立国語研究所日本語教育センター第二研究室長。論文に，「話者の価値判断――その含意性と異言語間伝達の問題」（『研究報告集』8，国立国語研究所，1987），「談話構造における助詞の機能」（『日本語教育』62，1987）他がある。

川村よし子（かわむら・よしこ）

1973年津田塾大学学芸部国際関係学科卒業。81年東京大学大学院比較文化博士課程修了。現在，国際基督教大学日本語講師，津田塾大学フランス語講師。論文に，「学生の誤訳の分析とその指導」（『津田塾大学紀要』17，1985）他がある。

杉浦由紀子（すぎうら・ゆきこ）

1967年青山学院大学文学部英米文学科卒業。現在，国際基督教大学日本語科助手。論文に，「中，上級日本語教育における文脈的制約の取り扱いに関する一考察」（共著，*ICU Language Research Bulletin,* Vol. 1, No. 1, 1986）がある。

外国人のための日本語 例文・問題シリーズ5

形容詞

昭和六十三年三月三十日　印刷
昭和六十三年四月　五日　初版

著者　西原鈴子　川村よし子　杉浦由紀子
発行者　荒竹勉
印刷／製本　中央精版印刷
発行所　荒竹出版株式会社
東京都千代田区神田神保町二ー四〇
郵便番号一〇一
電話　〇三ー二六二ー〇二〇二
振替（東京）二ー一六七一八七

（乱丁・落丁本はお取替えいたします）
ISBN4-87043-205-6　C3081

© 西原鈴子・川村よし子・杉浦由紀子　1988

定価1,800円

NOTES

NOTES

NOTES

外国人のための日本語
例文・問題シリーズ5
『形容詞』練習問題解答

第二章　形容詞の役割

〔一〕 1 おいしそうな　2 よかった　5 すきだ

(注)「疲《つか》れた」「おなかがすいた」「のどが渇《かわ》いた」などの体の状態を表す表現の中にも形容詞でないものがあるので注意すること。

〔二〕 一　1 楽しく、快適に　2 すばやく、敏《びん》速《そく》に　3 強く、静かに　二　1 よく↓考えなさい　2 ひどく↓うるさい、うるさい↓音　3 さわやかな↓風　4 さわやかに↓吹《ふ》いている　5 のどかに↓牛が草を食べている　6 速く・激《はげ》しい↓水の流れ

〔三〕 (6)、(7)

(注) 形容詞は名詞を修飾《しゅうしょく》するときは、「-な」または「-い」の語尾《ごび》を持つ。(1)の「この」はコソア詞。コソア詞は、活用しない。(2)、(3)、(4)は動詞が修飾《しゅうしょく》している。(5)は他の名詞が助詞「の」を媒介《ばいかい》にして修飾《しゅうしょく》している。名詞を修《しゅう》飾《しょく》する働きを持つ助詞は「の」のみである。

第三章　形容詞の活用

〔一〕〔二〕 1 必要な　2 さびしい　3 暑い　4 真剣な　5 大切な

第四章　形容詞の役割と活用形

(形容詞の部分のみ)　1 簡単だ　2 寒けれ　3 寒かろ　4 楽しく　5 新鮮《しんせん》だ　6 さわやかな　7 大きかっ、小さかっ　8 広かっ　9 うるさく　10 おもしろく

第五章　形容詞のテンスとアスペクト

〔一〕 3、6、9

〔二〕 1 短くなる　2 暗くする　3 静かにし　4 おとなしくし　5 簡単になり

第六章　感情形容詞

〔一〕 1 a 家内もパーティーに伺《うかが》えなくて残念そうです　b 家内もパーティーに伺《うかが》えなくて残念がっています　2 a 娘《むすめ》も雷《かみなり》がこわそうだ　b 娘《むすめ》も雷《かみなり》をこわがる　3 a 彼《かれ》も

人前で歌うのが恥《は》ずかしそうだ　b　彼《かれ》も人前で歌うのを恥《は》ずかしがる　4　a　主人も子供も食事の後かたずけがいやそうです　b　主人も子供も食事の後かたずけをいやがります　5　a　子供達もペットのポチが死んでしまってひどく寂《さび》しそうです　b　子供達もペットのポチが死んでしまってひどく寂《さび》しがっています(特に現在の状態)　6　a　友達も海外旅行に出かけたそうだ　b　友達も海外旅行に出かけたがっている(前出)　7　a　他の学生達も先生に御指導いただいて大変ありがたそうです　b　他の学生達も先生に御指導いただいて大変ありがたがっています(前出)　8　姉も毎日髪《かみ》をシャンプーするのがおっくうそうです　b　姉も毎日髪《かみ》をシャンプーするのをおっくうがっています

〔二〕　1　…珍《めずら》しがり…　2　飲みたがらない…　3　…行きたがりません　4　…面白がっ(て)…　5　寒がらない　6　…欲しがっている　7　…面倒《めんどう》がっ(て)…　8　…痛がっ(て)…　9　…見たがる…　10　…迷惑《めいわく》がる…

第七章　形容詞とヴォイス(態)

〔一〕　1　(が)食べたい　2　(が)聞きたい　3　(を)聞いておきたかっ(た)　4　(を)飲んでもらいたい　5　(を)取り上げたい　6　(を)眺《なが》めたい　7　(を)作ってみたい

〔二〕　1　(シンポジウム)に参加して欲しいです　2　早く帰ってきて欲しいです　3　(毎週手紙を)書いて欲しいです　4　(貸してくれるよう)頼《たの》んで欲しいです　5　見送りに来ないで欲しいです　6　最後まで読んでしまって欲しいです　7　(十時までは)待っていて欲しいです。　8　(いつでも)相談して欲しいです

〔三〕　1　味気《あじけ》ありません　2　やむを得ません　3　いけません　4　みっともありません　5　とんでもありません　6　ものたりませんでした　7　行きたくありません、しょうがありません　8　×

〔四〕　1　とまらなくて／とまらないで　2　かけないで　3　食べなくて／食べないで　4　からくなくて　5　便利ではなくて　6　怒《おこ》らないで

7 しないで 8 起こさないで 9 持たないで 10 先生ではなくて 11 書かないで 12 言わないで

第八章 文のムードを表す形容詞

〔一〕 1 春 2 スポーツマン、顔 3 日本人、生活設計 4 若者 5 子供、夢《ゆめ》 6 男、人 7 横綱《よこづな》、自信 8 日本人、感じ方 9 女、言葉づかい 10 科学者、態度 11 学生、服装《ふくそう》

〔二〕〔三〕〔四〕 1 らしい 2 よう 3 らしい 4 ようだ 5 らしい 6 ような 7 ようだ 8 らしい

〔三〕〔五〕 1 降ったよう 2 降りそう 3 からそう 4 からいよう 5 歩きやすそう・良さそう 6 良いよう 7 まちがえそう 8 まちがえたよう

〔三〕〔五〕〔六〕〔七〕 1 a ○、b ×、c ○ 2 a ○、b ○、c × 3 a ×、b ○、c × 4 a ○、b ×、c × 5 a ×、b ○、c × 6 a ○、b ×、c × 7 a ×、b ×、c ○

第九章 形容詞と格関係

〔一〕〔二〕〔三〕〔四〕〔五〕〔六〕 一 1 に 2 が 3 が 4 が 5 に 6 が 7 が 8 が 9 と 10 が／を 11 に、が 12 に 13 が 14 に、に 15 が 16 に 17 に、が 18 が 19 に、が 20 に 21 が 22 と 23 に 24 が 25 と、に 二 1 厳しく 2 得意 3 敏感《びんかん》 4 にくらしい 5 ぴったり 6 等しい 7 忙《いそが》しい 8 しどろもどろ 9 積極的 10 慣れっこに 11 親密な 12 申し訳ない 13 弱い 14 いい 15 欲しい

第一〇章 形容詞による待遇《たいぐう》表現

〔二〕〔三〕 一 1 山田さんのお子さんは可愛《かわい》くていらっしゃいます。 2 河合《かわい》さんのお嬢《じょう》さんはしとやかでいらっしゃいます。 3 おたくの会社の課長さんは粘《ねば》り強くていらっしゃいますね。 4 お隣《となり》のおじいさんは本当にまめでいらっしゃいます。 5 鈴木さんはカー・レーサーなのに、大変慎重《しんちょう》でいらっしゃいます。 6 先生

はもう還暦《かんれき》を過ぎて久しいのに、わかわかしくていらっしゃいます。 7 中村さんはとても聞き上手《じょうず》でいらっしゃいます。 8 寺元博士は非常に思慮《しりょ》深くていらっしゃいます。 9 あの方は自治会《じちかい》の仕事に熱心でいらっしゃいます。 10 阿部さんは私達の運動に協力的でいらっしゃいます。

二 1 昨日いただいたお手紙はなかなか達筆でございました。 2 戸締《とじ》まりは完全でございますか。 3 この品物は昨日仕入れたばかりで、新しゅうございます。 4 東京は物価が高《たこ》うございますね。 5 あの方の意見は正しゅうございます。 6 これは私が作ったものでございますが、不出来で恥《は》ずかしゅうございます。 7 秋に桜《さくら》が咲《さ》くなんて、めずらしゅうございますね。 8 この町は住みようございますよ。 9 このスケジュールは大変きつうございます。 10 この小説はおもしろうございました。 10 久しぶりに友達と会って、懐《なつ》かしゅうございました。 12 荷物は思ったより軽《かろ》うございました。 13 演奏は完璧《かんぺき》でございました。 14 磯部《いそべ》さんの話し方はかなりキザでございますね。 15 私にはこの問題は難しゅうございます。

第一一章 形容詞の意味(1)——類義語

〔一〕一 1 × 2 ○ 3 × 4 × 5 ×

二 1 浅い 2 広大な 3 あらい 4 深い 5 厚い

〔一〕〔二〕 1 多い 2 低い 3 狭《せま》い 4 遠い 5 太い 6 あらい 7 深い 8 長い 9 軽い 10 薄い

〔三〕 1 早く 2 手ばやく 3 速い 4 すばやく 5 敏捷《びんしょう》

〔四〕 1 あの建物は新しい。 3 これは新しい薬です。 4 この子はまだとても幼い（小さい）。（2、5は正しい）

〔五〕 1 弱い 2 元気に 3 頑丈《がんじょう》に 4 丈夫《じょうぶ》な 5 強かった

〔六〕 1 簡単だ 2 たやすく 3 やさしく 4 簡単に 5 簡単

〔七〕 1 かわいい 2 きたない 3 きれいに 4 みにくく 5 美しい

〔九〕 1 すっぱく 2 塩辛《から》く 3 あまい 4 苦かっ 5 辛《から》く 6 おいしい（うまい）

〔一〇〕 1 磯《いそ》くさい 2 酒くさい 3 汗《あせ》くさい 4 かびくさい 5 乳くさい 6 バタくさい 7 なまぐさい 8 泥《どろ》くさい 9 こうばしい 10 くさい

〔三〕 1 暑い 2 冷たい 3 ぬるい 4 涼《すず》しく 5 熱い 6 寒い、暖かい

第一二章　形容詞の意味(2)——多義語

一 1 きたない 2 乱暴に／ぞんざいに 3 暗い 4 楽しい 5 きびしい 6 意地悪な 7 難しかった 8 濃《こ》い 9 厚く 10 まずい

二 1 そっと 2 上手《じょうず》に 3 たびたび 4 詳《くわ》しい 5 激《はげ》しく 6 とても 7 おいしい 8 上手《じょうず》だ 9 厳しくない 10 塩分や辛《から》さが少ない

外国人のための日本語 例文・問題シリーズ5 『形容詞』練習問題解答
監修：名柄 迪　著者：西原鈴子・川村よし子・杉浦由紀子
〒101 東京都千代田区神田神保町2-40 ☎03(262)0202 荒竹出版株式会社

版權所有
翻印必究

定價：150元

發 行 所：鴻儒堂出版社
發 行 人：黃 成 業
地　　址：臺北市城中區10010開封街一段19號
電　　話：三一二〇五六九・三三一一一八三
郵政劃撥：〇一五五三〇〇～一號
電話傳眞機：〇二-三六一二三三四
印 刷 者：槇文彩色平版印刷公司
電　　話：三〇五四一〇四
法律顧問：周 燦 雄 律 師
行政院新聞局登記證局版臺業字第壹貳玖貳號
中華民國七十七年十月初版
中華民國七十九年六月出版

本書凡有缺頁、倒裝者，請逕向本社調換